告訴我，甚麼叫做記憶

想念楊牧

葉步榮等——著
須文蔚——主編

朝向一首詩的完成

楊牧一九四〇年出生在花蓮，一個由奇萊山看顧的小城市，經歷了太平洋戰爭的砲火，國民政府遷臺，成長於日本、臺灣與中原文化交錯匯流的時空，花蓮是他一生寫作的祕密武器。從中學起他愛上文學，十五歲開始寫詩與編輯詩刊，展開書寫美與反抗的歷程。

大學時入東海歷史系，在中文系選修徐復觀教授多門課程，同時閱讀大量英國浪漫主義詩人作品，頗受啟發與影響。

1952年，剛入花蓮中學初級部的楊牧。（夏盈盈提供）

上

1958年，在花蓮中學就讀的楊牧與同窗好友在花蓮忠烈祠前合影。左起：許榮元、葉步榮、施養毅與楊牧。（夏盈盈提供）

下

1959年，就讀東海大學歷史系的楊牧。（夏盈盈提供）

1961年，受邀參加美國大使館舉辦余光中主編《中國新詩選》（*New Chinese Poetry*）一書出版酒會。楊牧與胡適（左）、美國駐中華民國大使莊萊德夫人（中）於中山北路的大使寓所合影。（夏盈盈提供）

1975年，徐復觀（左）與楊牧，於香港新亞書院。（夏盈盈提供）

柏克萊精神

楊牧於一九六四年受美國著名詩人保羅．安格爾（Paul Engle）與聶華苓的邀請，入愛荷華大學英文系詩創作班，就此展開負笈美國的留學生涯。獲愛荷華大學藝術創作碩士後，入柏克萊加州大學攻讀比較文學，研究西方古典史詩及中世紀傳奇，追隨陳世驤先生研究《詩經》及先秦文學。同時面對風起雲湧的反戰風潮，深受柏克萊精神的影響，從此結合學術研究和社會介入於一體的精神，深深脈動於他心中。

1964年，楊牧在愛荷華與保羅．安格爾合影。（夏盈盈提供）

上

1970年1月，楊牧與陳世驤（左）、陳世驤妻子（中）合影。（夏盈盈提供）

下左

1967年，在柏克萊校園。（夏盈盈提供）

下右

1971年春，楊牧獲加州大學柏克萊比較文學博士，時年30歲。
（夏盈盈提供）

迎面而來的風

少年楊牧當寫詩遭到懷疑，他回答：「即使沒用又怎麼樣呢？我看課本裡大半文章都沒有用，代數幾何三角也沒有用，每天一張半的報紙也沒有用。都是假的。可是，至少我們寫的是真性情。」中學時開始投稿，備受文壇肯定，入大學前就擔任了《創世紀》編輯委員，也與藍星詩社的詩人相友好。

1958 年，高中畢業，暫居臺北，結識「藍星」詩社詩人。左起：王渝、余光中、覃子豪、楊牧。（夏盈盈提供）

1971年，與眾文友合影。前排左起：彭邦禎、羊令野、楊牧、商禽。
後排左起：洛夫、羅門、張默、葉維廉、瘂弦、碧果、辛鬱。
（文訊文藝資料中心提供）

在借來的空間裏

一九七五年，楊牧返臺任臺大外文系客座教授一年，期間跨校結識了張力、黃玉珊與單德興等學生，談詩論藝，也鼓勵單德興翻譯了生平的第一篇學術論文。同時他還協助《聯合報》副刊選刊現代詩投稿，提攜陳義芝、羅智成、楊澤、廖咸浩等年輕作家。

羅智成形容楊牧：「有一種飽經閱歷的自信、不耐世俗成規的不馴和照顧小老弟的義氣。」

1975年，楊牧任臺灣大學客座教授。秋天，政大西語系四年級的同學初次拜訪。左起：張力、黃玉珊、胡為明、楊牧。（張力提供）

上

1975年，楊牧任臺灣大學客座教授，與文友歡聚。左起：林懷民、殷允芃、七等生、楊牧。（夏盈盈提供）

下

1979年，楊牧與妻子夏盈盈（左）、梁實秋（右）合影於西雅圖。（夏盈盈提供）

上

1996年，張錯、楊牧、李歐梵合攝於哈佛。（張錯提供）

下

2001年，攝於臺北。鄭清茂與楊牧既有師生關係，也是多年好友，還共同開創了東華中文系。左起：鄭清茂、馮秋鴻、夏盈盈、楊牧。（須文蔚提供）

上

2013年9月21日，楊牧與陳育虹合影於紀州庵文學森林舉辦的「狼之獨步——紀弦追思會暨文學展」開幕儀式。

（文訊文藝資料中心提供）

下

2013年1月28日，攝於楊牧老師臺北家中。前排楊牧與夏盈盈，後排左起：王思澄、鄭毓瑜、王勝德。（鄭毓瑜提供）

人文踪跡

楊牧曾任教於西雅圖華盛頓大學、臺灣大學、普林斯頓大學、東華大學、政治大學與臺灣師範大學，參與香港科技大學的創辦，擔任中央研究院中國文哲研究所特聘研究員兼所長。以開放的學術心懷對待古典與現代，顏崑陽讚嘆楊牧：「專攻比較文學，於中國古典文學而言，對《詩經》、《楚辭》、漢魏樂府、六朝文學、唐詩、《紅樓夢》等，都有精深的獨見。至於西方文學則用心致力於古希臘文學及英國莎士比亞戲劇、浪漫主義文學。」同時還願意校釋經典與編選詩文集，在在展現出治學的耐心與功力。

1984年5月，楊牧出席於東京舉辦的第47屆國際筆會會議。
（夏盈盈提供）

1971年，遷居西雅圖，任華盛頓大學中國文學與比較文學系助理教授。
（夏盈盈提供）

掠影急流

楊牧樂在編輯，中學到大學時就曾主編多本刊物，赴美留學時與林衡哲合編志文版「新潮叢書」。一九七二年擔任《現代文學》第四十六期「現代詩回顧專號」特約主編。一九七六年他與友人共同創辦洪範出版社，親撰絕大多數的書籍摺口作者及內容介紹，知人論世，精要點評，是臺灣文學史上的一則傳奇與佳話。

1976年，葉步榮（左）、楊牧（左後）、瘂弦（右）、沈燕士（右後）創辦洪範書店，以《尚書·洪範》為名，取「天地大法」之意。1977年，洪範書店週年紀念時，四位創辦人合影。（洪範書店提供）

上

1978年8月17日，《文學評論》編輯委員合影。前排左起：葉慶炳、姚一葦、侯健；後排左起：楊牧、葉維廉。（夏盈盈提供）

下

2003年於香港城市大學，左起：瘂弦、聶華苓、楊牧、馬悅然。（夏盈盈提供）

少年氣象堅持廣大

在一九九五年的冬天，因為楊牧纏綿的鄉土情思，無限的勇敢承擔，受東華大學邀請，籌組人文社會科學院，擔任院長，開創了嶄新的文學教育體系，以文學為宗旨，以創作為特色，楊牧讚嘆仰望的奇萊，自此就成為了東華文學人的基因密碼。

1998年，楊牧攝於花蓮富源。（夏盈盈提供）

上

1998年，楊牧與東華大學中文系同仁遊瑞穗鄉富源蝴蝶谷。後排左起：楊牧、王文進、車行健、吳冠宏、許子漢、羅杰瑞（Jerry L. Norman）；前排左起：郝譽翔、蕭義玲、顏崑陽。（夏盈盈提供）

下

1999年，當代美國文學批評理論權威海若·亞當斯（Hazard Adams）造訪東華大學，進行四場演講，並與楊牧及同仁合影。左至右：李松根、吳潛誠、梁孫傑、蔡淑芬、曾珍珍、余君偉、楊牧、海若·亞當斯、傅士珍、蘇怡如。（夏盈盈提供）

2009年12月，楊牧於東華大學以「詩的音響」為題演講。（目宿媒體提供）

2010年，楊牧漫步於東華大學文學院中庭。（目宿媒體提供）

文藝復興人

楊牧在現代詩與散文的傑出成就，以及在文學學術、翻譯、傳播與教育的貢獻，先後獲得國內外重要的文學獎項，諸如國家文藝獎、美國紐曼華語文學獎、瑞典蟬獎、全球華文文學星雲獎貢獻獎等。作品翻譯為英、法、德、日、義與瑞典等文字，文壇譽為臺灣最有望獲得諾貝爾文學獎的詩人。在童子賢先生的支持下，特別成立了楊牧文學獎，獎助青年詩人出版詩集，以及學術研究與創作成果，薪火相傳，讓文學精神綿延不盡。

2000年，楊牧獲第四屆國家文藝獎文學類，攝於頒獎會場。左起：葉步榮、瘂弦、楊牧、鄭樹森。（夏盈盈提供）

2011年4月6日，楊牧出席「他們在島嶼寫作——文學大師系列電影」聯合發表會，楊牧文學紀錄片，溫知儀執導《朝向一首詩的完成》院線上映。（文訊文藝資料中心提供）

上

2012年夏，楊牧與《和棋》德譯者汪珏（左）、Susanne Hornfeck（右）合影於西雅圖，由鄭志良攝影。（夏盈盈提供）

下

2013年3月8日，楊牧獲頒第三屆「紐曼華語文學獎」，由奚密擔任得獎人介紹，攝於俄克拉荷馬大學。（夏盈盈提供）

上

2013年9月27日，楊牧與妻子夏盈盈及童子賢（右）合影於臺北寓所。（夏盈盈提供）

下

2016年6月18日下午，在臺北舉行楊牧文學獎評審會，楊牧特別出席會議，感謝評審與文友。左起：羅智成、楊澤、陳育虹、楊牧、夏盈盈、賴芳伶、宇文正、曾珍珍、陳義芝。（夏盈盈提供）

歇息生聚的地方

楊牧在《海岸七疊》後記中提及這本詩集：「見證我生命中最寧靜最充滿自信的回憶，每一刻都是一份光彩，對我說來，每一首詩都是對於生命和愛情的擁護。」

他以〈盈盈草木疏〉、〈花蓮〉給摯愛的妻子，在孩子常名誕生時，他寫下「出發」十四首，述說愛情和生命最落實最確切不可動搖的面貌。

詩人在溫暖的家中書房，以心神優遊宇宙世界，無論是西雅圖、花蓮或臺北，家人一直都是他創作的繆思。

1981年，楊牧與妻子夏盈盈、兒子王常名攝於西雅圖植物園。
（夏盈盈提供）

上

1983年，楊牧返臺任臺大外文系客座教授一年，全家攝於太魯閣，寫下名篇〈俯視——立霧溪一九八三〉。（夏盈盈提供）

下

2000年夏，楊牧與家人攝於美國西雅圖自宅。（夏盈盈提供）

2010年，楊牧攝於西雅圖家中書房。（目宿媒體提供）

2010年，楊牧攝於西雅圖家中書房。（目宿媒體提供）

2014年，楊牧於臺北家中與妻子夏盈盈合影。（郭英慧提供）

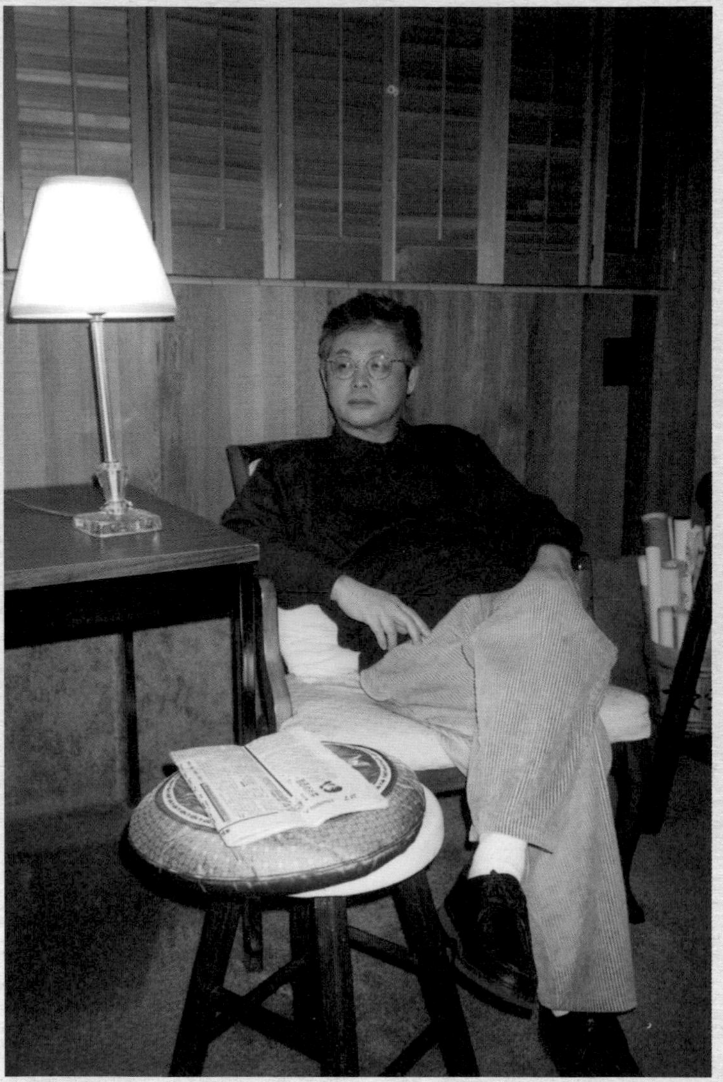

1998年，楊牧攝於西雅圖寓所的書房。（夏盈盈提供）

我希望有一天能於晚年追懷的火爐前，
因為發現學術研究對實際的文學創作並無傷害，
甚至還具有精神上和方法上的啟發，
而感到安慰，滿足，
感到無愧於古來中國健全的知識分子，
和歐洲文藝復興人（Renaissance Man）傳下的典型。

——《交流道》

輯一・山風海雨

輯二・昔我往矣

輯三・東之皇華

輯四・時光命題

輯一・山風海雨

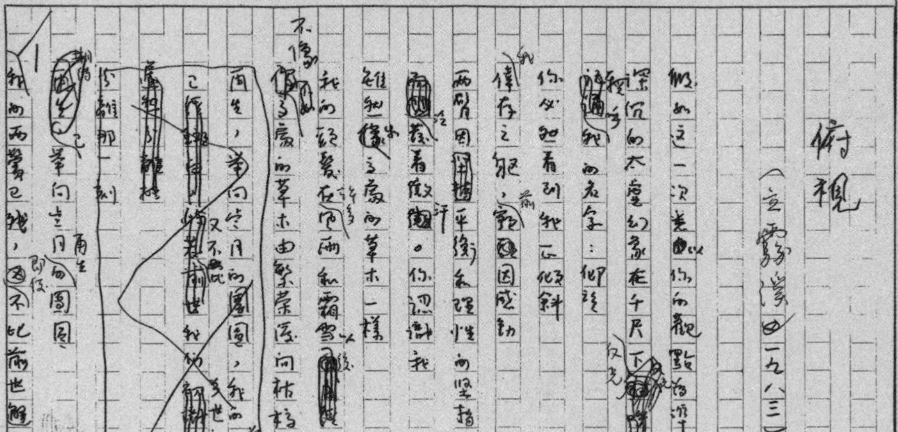

楊牧〈俯視——立霧溪1983〉手稿。

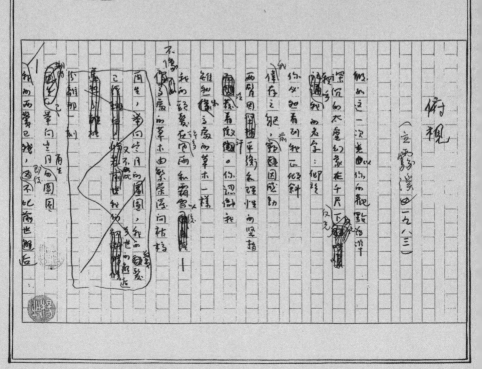

空山不見人

——懷念楊牧

葉步榮

洪範書店
負責人

結識楊牧近七十年，一直維持聯繫。

一九五二年，同時考進花蓮中學初中部，共編四班，初二起只剩三班。我們不同班，互動並不熱絡，碰面大多在圖書館等候借書還書。那時有幾位同學為課外讀物所吸引，例如《福爾摩斯》、《亞森羅蘋》的系列譯本等，同班的王禎和也是當中同好，借書證總是很快填滿更新。到了高中，只有兩班，始與楊牧同班，隨即往來頻繁，常去他家，他父母弟妹都以家人待我；他也會到壽豐我家走動，一起去荖溪、鯉魚潭泅水泛舟。我家客廳窗邊有一張寬大烏心石木板長凳，他吃飽飯常躺在長板凳上睡午覺。多年後，我父母親在花蓮慈濟醫院門診，聽到主治醫師和同事聊到楊牧，母親即說早年楊牧常在家中木板凳上睡覺，喜愛楊牧作品的主治大夫十分驚喜，倍加親切。楊牧去世，九十九高齡的母親也很不捨，沒料半月之後溘然而逝。那張大木板凳還留在壽豐老家倉庫裡。

楊牧在初中即以文筆聞名同學，作文比賽常列前茅，用筆名王萍發表詩作。高一初期，課餘教室外，常有人高喊「王萍」，那是高兩屆的陳錦標來找他，那時他們幫《東臺日報》編「海鷗」詩刊。不久易筆名為葉珊，之前曾短暫用了「蕭條」之名。

高中三年，真是美好的一段時光，我們對花蓮中學都懷念不已。畢業後，各奔東西，無論他在臺中東海、金門、美國，都通訊不斷。他留美期間，偶爾幫他買書，處理稿件，因而認識了許多文壇中人。林海音先生和齊邦媛教授都說，早先以為我是楊牧的弟弟，那時大家叫他葉珊，我姓葉，因之誤會。洪範十週年，邀請作者們共聚，席間余光中先生致辭，開頭就說：「葉珊的弟弟葉步榮……」全場譁然，余先生尷尬不已。

一九七九年楊牧獲中山文藝獎，我代他領獎，頒獎的是葉公超先生。之前為出版《葉公超散文集》，曾與秦賢次先生前往拜訪。葉大使見我上臺，特別跟我道喜，猜想他是誤以為我得獎，過不久再謁，大而化之的他果然是沒注意司儀的說明。這位最早介紹T. S. Eliot給國人的文學前輩，楊牧也很敬重。

楊牧在柏克萊加大期間，周邊可謂濟濟多士，曾在信中提到身邊俊彥，「我們沒有他們的天賦聰明，所以必須加倍努力……」他向來是當仁不讓，為勉勵我，竟與我歸成同類的「我們」。

他一生對創作、治學可真是夠執著，夠努力了，相形之下真是慚愧。他的美學散文集《疑神》書前題獻給我。有一年，汪珏從西雅圖來臺，說楊牧在聊天中提到寫《疑神》讀了很多書，因我沒能像他可以專心致志於讀書，就當作代我多讀的心情在讀。這一節我沒問他，他也未提。

我本在銀行工作，待遇尚稱優厚穩定。有一次，他問我待在銀行前程如何？我模仿傑克・李蒙（Jack Lemmon）在《神祕女房東》（*The Notorious Landlady*，一九六二）飾外交官跟新女友的俏皮說法：如果按照年資級級正常升等，應可當個分行經理，若要更高職位，不在乎太老的話或有可能。他聽了沒笑，默默不語，一臉凝重，印象深刻。

有人問楊牧的老師陳世驤先生當初怎會走入文學評論之路，陳教授回說當年在北大，寫詩寫不過同學吳興華他們，只好退而學理論，可以評論他們。我無力創作，也沒理論，踏入出版業，幫老友出書，勉強算是一條路。

約二十年前，楊牧轉送一幅楚戈的字畫，我說楚戈已送過許多，他說這幅很好，要我收下。畫是王維詩〈鹿柴〉，水墨設色，峰巒層疊，山嵐隱約，書錄全詩。我裱好一直掛在家中。三月十三日楊牧彌留中，握著他的手告別後不久，回一趟花蓮，北迴鐵路車過和平溪、立霧溪、三棧溪，一路右望中央山脈，連綿巍峨的大山在雲霧縹緲間，山下近處許多山谷溪澗是我們多次同遊之地，看著看著，恍惚不已，稍定神後，心想，此後就只能代他看看這些故鄉雄偉美麗的高山了。

——二〇二〇年五月十三日

一切都留在北國

陳芳明

國立政治大學
臺灣文學研究所
講座教授

一九七三年夏天，離國將近十年的楊牧回來臺灣。他特地約我見面，因為從未謀識，對我而言他是非常遙遠的一位詩人。在那之前，我曾經發表一篇詩評長文〈燃燈人〉，針對他的第一本詩集《燈船》，撰寫將近一萬字的長文。這篇詩評當時發表在隱地主編的《書評書目》，完成這篇詩評之際，總覺得自己可以進入詩人的文學世界。當時楊牧還使用筆名「葉珊」，大我七歲的他與我坐在咖啡店裡時，總覺得是我大哥那樣。沉默寡言的葉珊，那天向我提了許多問題，他比較關心的是，從臺大歷史研究所畢業之後，是否有留學的意願。當時我剛剛通過日本留學考試，再過一年準備去東京或京都讀書。聽到我的回答，他似乎露出一種「痛失英才」的表情。失望之餘，他建議我去美國留學。那時我只回答他可以努力看看，因為還要通過托福與英文檢定的考試。臨走前，他以堅定的語氣說，如果你來西雅圖華盛頓大學讀書，我可以幫你寫推薦信。

我的生命方向，就在那時刻有了重大的迴旋。我開始查閱華大歷史系的課程，赫然發現蕭公權、徐道鄰兩位先生就在那學校任教。而且他也把我的詩評納入「新潮叢書」，與許多重要作家羅列在一起，其中包括劉大任、王文興、杜維明、於梨華、梁實秋、鄭愁予。他們都是我的前輩，覺得自己很慶幸，可以被安放在這些名字的行列中。那次與楊牧談話大約是整個下午，我才察覺楊牧的說話方式，非常接近詩的風格。他回到西雅圖之後，便持續寫信給我，深怕我終於前往日本讀書。到今天，那年炎炎夏日的臺北記憶，仍然存留在我漸入晚境的內心。

如今聽到楊牧驟然離世，年少時期的許多記憶都轟然席捲而來。臺北下著綿綿細雨的那天，我的學生林秉樞突然傳訊給我說「楊牧去世了」。那對我是極大震撼，坐在書桌前，久久無法回神過來。後來又看到《聯合報》發布新聞，我才確切知道楊牧已經離去。在那時刻，雨聲在我內心發出巨大迴響，震耳欲聾。我彷彿被錯落的雨水層層包圍，什麼也聽不見。東華大學華文系在臺北舉辦「詩人楊牧八秩壽慶國際學術研討會」，我也受邀參加評論。那天晚上，在亞都麗緻飯店天香樓舉辦晚宴。我被安排坐在主桌，與楊牧對望而坐。整個會議與慶生活動，都是由童子賢先生贊助。稍後，童先生邀我坐在楊牧身邊，方便我與他交談。那是我最後一次如此貼近詩人，可以感覺他說話時似乎失去了他從前的充沛有力。他的學生都前來向他敬酒，美國學生、歐洲學生，還有在臺培養出來的重要學者，不時過來向他敬酒。

坐在他的身邊，一時找不出什麼話與他對談。與他年輕時期的神情飛揚，已經有很大落差。在那時刻，總覺得他我之間有一塊巨大的玻璃隔開。他有時沉默、有時抬頭環顧四周，有時與我對望卻一語不發。那時簡直無法解釋自己內心的複雜情緒，只能靜靜告訴自己，所有能夠對話的時光再也不會回來。仍然記得一九七九年發生美麗島事件時，他獨居在西雅圖的一個山坡上，已經無法確切是哪個日子，大約是在一九八〇年代的三月。那天初晚時給我電話，邀我與他一起喝酒。我驅車到達時，才發現劉大任也在座。他們是柏克萊時期非常好的朋友，兩人手上各持一杯酒。想必是晚餐後的喝酒時間，情緒非常高漲。我參加他們的對話，才知道是在談美麗島事件。

劉大任曾經參加過保釣運動，在政治光譜上，我正好站在另一端，但那並不妨礙我加入對話。我第一次看見楊牧在議論時充滿了憤慨，我到達後他的情緒更加高漲。這兩位前輩曾經是在柏克萊加州大學的同學，他們彼此的政治理念頗有出入，卻完全沒有任何衝突之處。縱然劉大任參加釣魚臺運動，但骨子裡卻流著自由主義的血液。他們那種開放、大氣、包容的心胸，其實也讓我學習了。尤其他們談論才發生不久的林家血案，兩人都流露了憤懣之氣。那年稍後，楊牧寫了一首詩〈悲歌為林義雄作〉，詩行之間充滿了悲痛、失望、傷心。那可能是楊牧最貼近臺灣土地的時刻，似乎已經為他後來返臺的意願，定下了基調。

他住屋的窗外，種滿了北國的杉木，可以想像他常常在林木之間徘徊沉思。他的許多作品都在那裡釀造，為他中年之初的心情，做了最為恰當的定義。美麗島事件對當時海外知識分子，帶來巨大衝擊。即使是懦弱如我，最後也無法定心撰寫博士論文。幾經掙扎之後，我終於在一九八〇年七月舉家遷往洛杉磯，去參加許信良創辦的《美麗島週報》。那是我生命裡最為混亂的階段，彷彿是在海上漂流，找不到自己的方向。到達洛杉磯的那年秋天，楊牧從西雅圖寄來一冊詩集《有人》，我才察覺甚至是楊牧的心境也改變了。他的望鄉，他對社會的干涉，他的家國之思，都非常完整收納在這冊詩集裡。他的詩風變得更加入世，更加充沛有力。這是他改名楊牧之後，終於為自己找到清晰的思維方向。

縱然與他遠隔兩地，我仍然保持與他聯絡。他對我所做的政治選擇或文學方向，從來沒有任何干涉之意。但是我知道他一直遠遠注視著我，有時寫信，有時寄書，委婉地表達他的關心。在寂寞時刻，我不時會捧讀他的詩集《有人》，其中我非常偏愛其中一首〈秋探〉。楊牧是一位對時間特別敏感的詩人，對於四季循環總是抱持敏銳的感應。春天來了，秋天走了，常常牽動著他內在的情緒。這首詩讓我可以感受，坐在室內的他顯然與季節變化相互牽動著。秋風襲來時，他竟有這樣的感覺：

我聽到焦急的剪刀在窗外碰撞
銳利那聲音快意在風中交擊
晨光灑滿草木高和低。我
抬頭外望，從茶杯裏分心
尋覓，牆上是掩映的日影顏色似凍頂
是剪刀輕率通過短籬或者小樹的聲音

這是最典型的家居生活，卻釀造了他詩的想像。孤獨閱讀之際，仍然會分心聆聽窗外的秋風。吹過樹梢之處，彷彿可以感覺園丁正在外面修剪花木。他不時探頭望向窗外，尋找園丁的影子。這是非常富有時間的敏銳感，也富有空間的實體感。他按捺不住終於開門走出去，想要尋找園丁才察覺：

我走進院子尋覓，牆裏牆外不見園丁的
影，只有晨風閃亮吹過如涼去了一杯茶

那碰撞的剪刀是他手上的器械，是他
他是季節的神在試探我以一樣的鋒芒和耐性

原來院子裡沒有園丁，而且是秋風吹拂過花園。他可以想像季節變化時，世上所有的生命也將跟著移動。尤其是在北國，四季分明，草木山林的變化非常強烈。總是不期然刷新了所有的顏色，那種神祕的力量，彷彿有一位看不見的園丁為他整理花園。無論是聲音的演出，或是顏色的彰顯，都隨著季節移動而產生強烈變化。詩裡隱隱約約出現一位看不見的牧神，這裡那裡為他整修後院的每一株草木。那種生動的描述，是楊牧詩藝的最佳演出。每次在情緒低盪的時刻，我總是會捧起他的詩集，洗滌我混亂的思緒，讓時間節奏重新定位。

像大哥一樣的楊牧，在中研院擔任文哲所所長時，完成了一本詩集《介殼蟲》，那一直是我的偏愛。他走在院舍之間，發現一群學童蹲在地上圍觀。具有童心的詩人，終於也忍不住走過去察看。原來那些孩童忽然發現一隻介殼蟲，而站在旁邊的詩人卻發現了一首詩。這位具有濃厚人文氣息的創作者，舉目所到之處，不時可以發現這裡那裡都有詩的存在。以他的敏銳觀察，往往在極其尋常的日常生活裡，釀造了不尋常的詩行。在臺灣詩壇，他被定位為抒情詩人。彷彿是不食人間煙火，他以含蓄、幽微、內斂的方式介入這個社會。他曾經被某些詩人指控不關心臺灣社會，這當然是一種違背事實的揑造，也是非常不近人情的指控。

在他的許多作品裡，很少被人提到《疑神》那本箚記。其實我常常捧讀翻閱，可以發現他的宗教觀與鬼神觀。他的人生態度與生活哲理，都收入了那本箚記裡。他這樣那樣討論各種宗教信仰，好像是一個無神論者。那本書的最後，他描述曾經有一次長途驅車奔馳，終於感到疲憊時，他不得不停在路邊樹蔭下。終於醒轉過來時，發現車窗前一株巨大的樹豎立在那裡。他不得不正襟危坐，才發現自己的生命是多麼渺小，正是在那樣的時刻，他感覺了神的存在。這是我閱讀楊牧的歷程中，那麼清楚感受到他曾經有過的卑微。在他內心深處，想必有一尊無法命名的神，始終與他同在。

在西雅圖時期，他的研究室就在東亞圖書館樓下。他總是閉門讀書直到傍晚時刻，我站在樓外仰望他的書窗，發現燈是亮著。我仰首大呼：「楊牧，楊牧！」他從窗口探頭出來，我問他要不要一起晚餐，他就匆匆下樓接受我的邀約。他的書房非常乾淨，那時他正在編輯《唐詩選集》。我看他書架上羅列著杜甫、李白的詩集，那種井然有序的書架，到今天還是讓我深刻難忘。他做學問的方式，其實非常嚴肅敬謹，而且也不時從事考證的工作。他不到四十歲時，就已經是華盛頓大學的年輕教授。在我那個年代，能夠進入華大校園的華人學者，其實非常不容易。他與我晚餐時，也會討論政治事件，尤其那段時期越戰已經到了尾聲。美軍狼狽逃離西貢之前，他完成了《年輪》那冊散文，其中夾帶著一首長詩〈十二星象練習曲〉，是非常反戰的敘事詩。他把性愛與戰爭揉雜在一起，為一位平白犧牲的美國青年表達抗議。

這位大哥一般的詩人，他總是會提起早年的文學導師，一位是東海大學的徐復觀，一位是加州大學的陳世驤。他後來為這兩位前輩所寫有關的文學批評《陸機文賦校釋》，把中文版與英文版羅列在一起。那不是一部平面的文字，而是相當具體向自己的老師致敬。如今，楊牧也變成了臺灣文壇所懷念、所敬仰的詩人。我無法對他有任何具體的致敬方式，只能把自己鎖在研究室裡，重新閱讀他厚厚的三冊《楊牧詩集》，還有一本《長短歌行》。從他最初的第一首，一直到最後一首，隱約之際我好像又走過他的年輕時期，穿越了他的盛年，最後到達了他的晚年。那些蜿蜒的生命軌跡，其實有太多地方與我有交會之處。今天我以這樣的衰弱的文字追念他，其實也是在憑弔我自己。

——二〇二〇年四月，刊登於《印刻文學生活誌》

永遠的搜索者楊牧

顏崑陽

輔仁大學
中國文學系
講座教授

我還在等待楊牧的一首詩，怎麼他就這樣轉身離去！

楊牧酷愛白斬土雞，本真的滋味，彷彿逼近於詩吧！而白斬土雞正是我的絕活，就特別下廚，奉贈一盤如詩的滋味。詩人微笑說，應該作一首詩：〈謝崑陽贈雞〉。這時，我們會心的回到古遠的唐宋，我想到杜甫的詩：〈謝嚴中丞送青城山道士乳酒一瓶〉，想到蘇東坡詩：〈謝曹子方惠新茶〉。在那個文化世界中，詩無所不在，詩人就生活在詩裡，彼此來往感通。

楊牧是現代詩人，我是古典詩人，卻同時站在現代，又同時回到古典的文化世界，今古相接，會心之間，情意的感通，不須氾濫的言語。其實，我真正想說的是，作一首詩〈謝崑陽贈雞〉，這樣隨口而出的話語，沒有複雜的理論，卻是已滲進日常生活、潛入心靈深處的古典文化涵養。現代詩曾經很長的一段時期，誓必與古典文化決裂，與現實生活絕緣，尤其詩人之間的

「贈答」，更是視同餽水，因此現代詩人能有古典文化涵養者，如同緣僧尼頭頂以求髮；而楊牧是極少數偶然遺漏，沒有剃除的長髮，兀然而存。在現代詩壇中，他的中國古典文化涵養，無人能及。詩者，何止吟詠性情，並且需要豐厚的學養與哲思，將楊牧單純視為「抒情詩人」或「浪漫詩人」，那是一種簡化及淺化，我寧可視他為「詩哲」。

中國古典文化涵養與鄉土意識，始終都是楊牧文學創作二座堅固的基石，儘管他長年旅居美國、香港，並且出入於古希臘以及英國浪漫主義文學之間，深度涵泳，甚且研究，而受到華茲華斯（W. Wordsworth，一七七〇～一八五〇）、拜倫（G. G. Byron，一七八八～一八二四）、雪萊（P. B. Shelley，一七九二～一八二二）、濟慈（J. Keats，一七九五～一八二一），以及愛爾蘭詩人葉慈（W. B. Yeats，一八六五～一九三九）等詩人的影響；但是，臺灣花蓮的鄉土意識、中國古典文化，不但未曾減淡，更且日深。

鄉土意識在他文學創作中，一直都是流動不歇的靈魂，現代詩個別的篇章姑且不說，散文最集中的表現，就在於《山風海雨》、《方向歸零》、《昔我往矣》（後來合集為《奇萊前書》）、《奇萊後書》；而落實在鄉土的行動，就是晚年回歸花蓮，創辦東華大學中文系，掌理文學院。一九九六年，楊牧與鄭清茂、顏崑陽、王文進共同規劃了一個站在傳統基礎而邁入現代化，課程設計最能貼近時代文化社會情境的中文系。

那幾年間，想必是楊牧的美好時光，也是我們的美好時光。雖是大嫂盈盈夫人與孩子都還在美國，他獨自住在宿舍；然而這裡是他生命的原鄉，花蓮市還有他的故居以及父親所曾經營的印刷廠。何況一個理想的中文系，正從他以及我們的心手中誕生、成長，年年都有新進的年輕教師，以及對未來充滿希望的學生。那的確是朝日初昇的氛圍，每當與楊牧熟識的賓客來訪，記得林文月、李昂等，我們就一起在湖畔餐廳歡聚、暢敘。窗外是煙雲如羅帶的海岸山脈，波平如鏡的東湖，寧靜中彷彿看到可通往理想人文學術殿堂的微光。那時，楊牧暫時獨居，卻不寂寞。

二〇〇一年，楊牧離開東華大學，轉到中研院文哲研究所。楊牧離開，其實沒有離開，我們也不會讓他真的離開；他終究留下永久、普遍的化身——典範，人格與文學的「典範」。東華大學接續成立「楊牧書房」，典藏他的著作、曾讀過或擁有的書、他的手稿。並且成立「楊牧文學獎」、「楊牧文學研究中心」，展開「楊牧學」的建構。

楊牧的文學著作多達六十餘種，廣及詩、散文、學術論著、文學批評、文化與社會評論、翻譯、編選等。他的作品已被翻譯成英、日、法、德、荷蘭、瑞典等文，一直被譽為最有可能獲得諾貝爾文學獎的臺灣詩人。有關楊牧其人及其文學的研究，已多如奇萊山的草木。我以這一篇短文要談楊牧的文學，不啻以蚊負山、以蠡測海，因此只能大體言之。

楊牧是天生的詩人，也是天生的散文家。他因「詩」、因「散文」而實現生命的存在意義；他整合自己各階段的詩集，編纂為《楊牧詩集》I、II、III，其後還出版近作詩集《長短歌行》。

至於散文的作品，也多達十幾種。他在《楊牧詩集I》的〈序〉中，自述從十六歲的少年時期，就在意志與想像的世界裡流浪，而若有若無的捕捉到了詩，乃以詩為歸宿，回思當時莫非已經發現自己早該屬於詩，說不定是命中注定便屬於詩。而他在散文集《搜索者》的〈前記〉也自述到多年以來，在詩以外曾經用散文的形式，記載了許多對人生試探和搜索的經驗，因此他必須承認散文對他而言，與詩同樣重要。那麼在楊牧的觀念與創作經驗中，詩與散文的文體形式雖然不同，其融合「敘事」與「抒懷」的本質及功能，並沒有差異。他的散文之「詩化」，敘事與抒懷交錯間，情境閎深的意象以及音調流轉的敘述節奏，都接近於詩，這在《葉珊散文集》、《山風海雨》、《亭午之鷹》、《星圖》、《年輪》、《奇萊後書》等文集中，都可以印證；而他的詩之「散文化」，情懷不作直接噴吐，總是隨著敘事的脈絡而水流層層的谿石間，婉轉曲折，這從〈續韓愈七言古詩〈山石〉〉、〈延陵季子掛劍〉、〈武宿夜組曲〉、〈將進酒四首〉、〈林沖夜奔〉、〈鄭玄寤夢〉、〈妙玉坐禪〉、〈高雄・一九七七〉、〈航向愛爾蘭〉、〈波士頓・一九七〇〉等，都可以印證。

楊牧的詩與散文，經常被視為西方「浪漫主義」的遺風，而對現實社會甚少介入。這當然是片面的簡化，早年葉珊時期，或可視為擁抱質樸文明、自然情懷的浪漫主義者；然而，楊牧所理解的浪漫主義，從華茲華斯、濟慈、雪萊、拜倫，一路到他所稱讚的「最後一個浪漫主義者」葉慈，其意義多層，不能簡化。他在《葉珊散文集》的自序——〈右外野的浪漫主義者〉中，就曾分析浪漫主義從華茲華斯、濟慈、拜倫到雪萊，涵有四層意義，而最後由葉慈得到所有浪漫主義詩人的神髓。楊牧的浪漫主義精神，在向質樸文明、自然情懷擁抱之後，其實拜倫的好奇冒險、追求生命理想的精神，以及雪萊向權威挑戰、反抗苛政及暴力的精神已在他心中埋下種子；而最終他崇敬愛爾蘭詩人葉慈，尤其中年之後的葉慈，提升浪漫主義的精神，探索神人的關係，同時也批判現實社會，這是他所情願效法的「典範」。於是，三十二歲的詩人，由葉珊筆名改為楊牧，也宣告他浪漫主義精神的轉向，開始滋長著楊牧文學的社會意識，並逐漸往神人關係之生命存在本質的高度與深度，不斷的探索。《年輪》是這一轉向的軌跡，而《飛過火山》、《疑神》、《星圖》是漸層的發展。

楊牧的詩與散文創作，雖說是出於天生的性情；然而假如沒有融合學養與哲思，就不可能成其大、涵其深。他是詩人、散文家，又是學者，師承陳世驤教授，專攻比較文學，於中國古典文學而言，對《詩經》、《楚辭》、漢魏樂府、六朝文學、唐詩、《紅樓夢》等，都有精深的獨見。至於西方文學則用心致力於古希臘文學及英國莎士比亞戲劇、浪漫主義文學。我曾讀過他的《陸機文賦校釋》，甚感驚訝，浪漫、抒情詩人竟然也能做出如此枯燥卻很精實的經典校釋工作，看來楊牧的確是多面目的文學大家。我在推想，或許就因為他對中國古典文化與文學有了這樣精深的學養，除了不喜歡暴力的天生性情，再加上詩、騷「溫柔敦厚」的文化精神，才使得他介入社會，縱使對政治、社會的黑暗有所不滿，甚至憤怒，終究還是能轉化為正面的意義，極少疾言厲色的批判或謾罵。在政治上，他始終不陷落在「意識形態」的牢結；而朝向廣大無限的理想世界不斷搜索、超越，這才是楊牧始終堅持的人文精神。

楊牧的文學兼納中西文化，並蓄性情、學養與哲思，永無止境的探索，而鎔鑄、創化為自己煙海浩瀚的文學世界。他可以說是現代詩中的「李杜合體」，浪漫與寫實、抒情與敘事融合無間，即現世而超越，批判卻不露鋒芒。堂廡之大，宮殿之美，非僅並時或前代詩人所不能及，將來恐怕也很難有後起者能夠超邁。

詩人於二〇二〇年三月十三日，驟然轉身離開這正值多難的人世，讓人驚愕與感傷。我再也等待不到他〈謝崑陽贈雞〉的詩作，而我拿手的白斬土雞也沒有機會再送給他享用。然而，他並沒有離開，我們也不會讓他真的離開。他是「永遠的搜索者」，對於無限可能的生命存在意義，對於文學的創造，一直永無止境的搜索著；而在他之後，會有更多更多被他感召的「搜索者」，追隨他的精神，對生命存在的意義與文學的創造，繼續不斷的搜索下去。詩人楊牧何曾離開這人間世」！

——二〇二〇年三月十五日，刊登於聯合新聞網鳴人堂

高山仰止，景行行止

——略記我與楊牧的文學因緣

何寄澎

國立臺灣大學
中國文學系
名譽教授

楊牧走了，又一個典型的消逝！

這幾年我心目中文學的典型人物（包含創作、教育、學術）接踵離我們而去，相對於時代的晦盲否塞，這一個個星辰的墜落，真令人有萬古如長夜的慨嘆！

上個世紀的八〇年代，我在臺大講授中國現代散文選的課，日日細讀五四以至臺灣當代散文名家的作品，楊牧（含葉珊時期）那種音聲沉鬱華麗、感性知性兼融的格調，便令我沉吟忘返，亹亹不倦。後來我參與國立編譯館高中教科書的編撰工作，選入他的〈山谷記載〉，那應當是他作品首度被選入中學教科書。後來教科書開放民間出版了，我擔任某出版公司高中國文的主編，繼續選了〈野櫻〉、〈十一月的白芒花〉等，迄今猶然。我還清晰記得當年應長安出版社（後改名大安出版社，現已歇業）之邀，負責編寫《中國現代散文選析》中楊牧部分時，有一天晚上，特地到臺北郵局總局打越洋長途電話給時任西雅圖華盛頓大學教授的楊牧，請他同意選析他的作品。他當下一口拒絕，並說選的還不是與一般選本雷同！那語氣是低沉的，彷彿不帶任何情緒，又似乎有一絲絲不屑。我立即跟他強調，準備選入〈水井與馬燈〉、〈一九七二〉、〈山谷記載〉、〈搜索者〉，分別代表他《葉珊散文選》、《年輪》、《柏克萊精神》、《搜索者》四個時期，展現他迄當時為止散文書寫的不同主題關懷、風格變化，乃至形構與技巧的屢遷，絕對與一般選本不同。他聽完之後，依然用那低沉的、不帶任何情緒——沒有肯定、也沒有質疑的語氣，淡淡的說：「好吧！」多年以後，我跟他交往日密，靜靜旁觀，發現他說話的語調恆常如此——這大抵是始終浸淫於藝術國度裡，不諳世事、不食人間煙火的詩人氣質吧？

一九九一年，我在《臺大中文學報》發表〈永遠的搜索者——論楊牧散文的求變與求新〉——那應該也是國內第一篇細論楊牧散文的學術性論文。七年之後，再於《臺大中文學報》發表〈「詩人」散文的典範——論楊牧散文之特殊格調與地位〉。前者係以條分縷析的方式，細剖楊牧散文求變求新的信念與實踐。寫作過程中，我反覆推敲楊牧的每一篇作品，感受他字裡行間所展現的執著、探索，以及情懷，心中的感動誠然難以言宣。而楊牧此種對創作藝術——亦即對自我創作價值所懸的鵠的，竟成爾後我評騭當代作者的一種標準——一個作者創作的理想成為另一個研究者、評論者甄別品評作家與作品不替的準據，這因緣是奇妙的。至於後一篇論文，乃是以一種特殊的（我自信也是深刻的）界義，定楊牧「詩人」散文之質地與格調，同時上接古典散文的「詩人」傳統，為楊牧散文在藝術美的層面外，添上專屬「知識分子」的一種本質——那不僅是文學的，也是社會的；不僅是風格，也是人格；不僅內視，也放眼外視——而唯有從這個層面去探索，我們才能真正了解楊牧何以反覆自我期許為一「文藝復興人」；為一類如宋代王安石那樣的知識分子；也才能真正感受他的確是一介西方所謂的「浪漫主義」詩人。我必須說，二十餘年來，我個人出入古典散文、現代散文的傳統，或以古律今、或以今證古，建構我自身與眾不同的散文評論觀點，其中實有楊牧的啟發在——而這何嘗不又是一種奇妙的因緣？

大約從九〇年代的末期起，我與楊牧的來往漸密，晚近十年尤多往還——這中間黏合、促進因緣的友人有曾永義、林明德、陳義芝、曹復永、郭強生等。我因此深知楊牧啤酒的肚量實常人所難及；我亦因此深體楊牧莊凝外表下溫熱的心。他寡言，但言出則一語中的、一針見血；他恆常淡定，似若不關心，但一遇關鍵，則亦有時凜冽慷慨。與他對坐，令我想起面對臺靜農先生——多半是沉默無語的，但偶然的一句話、一舉止間，自見出他含藏的真情，我覺得那多少有點魏晉人士的風骨在。

至今難忘的還有一件令人發噱的事：二〇〇一年春，我應邀赴捷克布拉格查理士大學講學，行前與楊牧、林明德、陳義芝、鄭羽書、賴芳伶等在林森北路彭園餐敘。席間楊牧聽聞我行將啟程，一本正經的說：你將住的地方有鬼。我驚問：「是嗎？何以見得？」他不疾不徐的說：「你走進大門，到住處的樓宇間，有一長長的甬道，那牆上的燈總不時的自己亮起。」我當時不疑有他，心中卻不免忐忑。及至抵達布拉格，住進該棟樓宇，我發現始終不見任何其他住戶，加上所居又是閣樓，夜夜不時有間歇的異響，這時楊牧的話便不斷縈繞腦際，害得我心神不寧，難以安枕。然而事實是：壁燈有感應裝置，所以人走過即剎時亮起；而夜裡的異響則是暖氣無力的呻吟。其後，每次想起此事，一方面對楊牧如此的不識人間事物嘆為觀止；一方面也對自己的神經兮兮感到可笑——而這毋寧也算是楊牧給我的另一種異類影響吧？

這二年，楊牧的身體日衰，加上世事紛紜，擾人心煩，突然間朋友們的聯繫少了，原本輪番作東（楊牧、曾永義、陳義芝、曹復永和我）的定期聚會也在不知不覺中斷了、散了。納蘭性德說：「當時只道是尋常。」我們總是在不經意中放掉了許多該當把握、該當珍惜的東西，事後追悔，終究枉然。這二年，我自己亦身心俱疲，倏爾蒼老，幾乎斷了所有外在的聯繫，楊牧的走，讓我油然孳生更多、更深、更複雜的悲戚。

《柏克萊精神》裡收有一篇〈卜弼德先生〉，楊牧在〈後記〉裡說：「我敬佩卜弼德先生，覺得應該為他立傳，此文之寫作是為了使他的學問也能顯於中國，所以在末段我結結巴巴的嘗試古人『列傳』的文體，如此而已。」識者皆知，楊牧此文頗取法史記而為之。多年來我研讀韓（愈）、歐（陽修）之古文，亦知韓、歐改創文體的苦心孤詣——韓變僵化之碑誌為有性情之作，成其一家之言；歐以抒情貫串不同體類，成其六一風神，我個人雖不能至，心嚮往之。有關楊牧其詩其文之卓秀，論者已多，檢之自見，故撰此文僅述與楊牧的若干因緣——此亦結結巴巴的效法古人，如此而已。

最後，謹引《亭午之鷹》中〈在借來的空間裏〉的序詩作結，用以表達我對楊牧崇仰與追隨之意：

這時我們都是老人了——
失去了乾燥的彩衣，只有甦醒的靈魂
在書頁裏擁抱，緊靠著文字並且
活在我們所追求的同情和智慧裏

——二〇二〇年四月，刊登於《文訊》

楊牧與「新潮叢書」

——謹以本文悼念楊牧先生

李瑞騰

國立中央大學
中國文學系
教授

在我努力學習現代詩學的過程當中，楊牧一直是我追蹤的對象之一。

他創作力豐沛，對於詩，他能寫、能譯、能評，也能編，更重要的是，他雖是出身外文系，但他對中文古典文學傳統的接受及再創造，極深極廣，有一種「向遠古」的動能。

一九七〇年代後期，我精選當代臺灣詩人的詩作進行深刻詮釋，他人都選名篇，楊牧則選那時甫發表在《聯合報》副刊的〈向遠古〉，主要的原因是，我認為，「楊牧追捕古詩境界在現代詩的諸多表現模式中是一種新型的詩藝構作」，他曾宣告要「回歸古典」、要「回頭掌握三千年偉大傳統的詩質」，對於〈向遠古〉，我因此說它是楊牧「回歸意識又一次的投射，足可作為他《瓶中稿》之後的詩作結集中的開篇或壓卷之作」。

我那時提到了《瓶中稿》，它出版於一九七五年，列入楊牧和林衡哲主編的「新潮叢書」最後一本，編號二十四，收入了〈鷓鴣天〉、〈經學〉、〈秋祭杜甫〉和〈林沖夜奔〉等作，這些當然是前一本詩集《傳說》（也收入「新潮叢書」，編號十）重要詩作〈續韓愈七言古詩〈山石〉〉、〈延陵季子掛劍〉、〈將進酒〉等古典新創的延續。這無疑是楊牧的回歸古典的時期，然其中有一個明顯的轉變，那就是《傳說》署名葉珊，而《瓶中稿》則署名楊牧了（用「楊牧」筆名的第二本書，前一本是評論文集《傳統的與現代的》，列入「新潮叢書」，編號二十一）。

楊牧從東海大學時期（大一在歷史系，大二轉外文系）到中文系選讀徐復觀的古代思想史、老莊哲學、韓柳文；到美國柏克萊加州大學攻讀比較文學時期，從陳世驤治《詩經》及先秦文學。他的古典文學涵養深厚，一方面展現在學術研究上，另一方面融入在現代新詩的創作上，在「新潮叢書」的這三本書，說明楊牧文學的重要內涵，既是「傳統的」，也是「現代的」，同時也都飽含從大學時代開始培養的西洋文學素質。

在這樣的背景下，我們進一步來了解「新潮叢書」之創設與編輯。根據放在每一本書前面類似發刊詞的〈「新潮叢書」弁言〉、林衡哲〈催生新潮叢書的心路歷程〉（網路）及楊牧〈「新潮叢書」始末〉（收在《柏克萊精神》），其用意在於：志文先前的「新潮文庫」都是翻譯書，「新潮叢書」則是出版「中文著作」，類別要多元，「我們希望這套叢書能廣泛而深入的代表這一代智識分子追求和思維的部分歷程」。這在當時必是一種極高的自我期許，其中不乏作家的第一本書（如劉大任、鍾玲、施叔青等），今天看來，不能不佩服主編的眼光。

「新潮叢書」的作者群如何形成？林衡哲說楊牧有很好的人際關係，那麼楊牧如何進行編輯的首要之務——找稿子？他本來是想，除了文學，藝術和社會科學，甚至科學性的論述也不排除。但人文學畢竟是他最熟悉的，過去在臺灣時的因緣，一邊是臺北文壇，一邊是東海大學，到美國以後更有相互往來的師友，當然最先會想到。

這裡似有一條線，從東海拉到美國，兩位新儒家——劉述先和杜維明，一是出身臺大哲學系的方東美弟子，在東海任教，一是中文系學生，都和徐復觀很親；鍾玲和韓國鐄都讀東海外文，後來也都到了美國。陳世驤是楊牧的恩師，結緣是因徐復觀；會出夏濟安的書，是因夏志清，那年代的臺灣孩子到美國留學，搞文學像樣的，大概很少沒和夏先生往來的。作者群中有兩位很特別，一是經濟學家、紅學專家趙岡，他在柏克萊教過書，楊牧的博士是那裡讀的；一是法學專家徐道鄰，他是華盛頓大學教授，楊牧在柏克萊拿到學位是一九七一年，隨即到西雅圖，那時徐道鄰還在（一九七三年過世），書在一九七五年出版，楊牧特在書後寫了〈編輯報告〉。

王文興比楊牧早一年到愛荷華，在臺北文壇已是名人。其他梁實秋、顏元叔、鄭愁予、葉維廉、施叔青、陳芳明、張永祥等，想來因緣都在臺北。每一本書都精采，也具永恆性，其中最特殊的是張永祥電影劇本《秋決》（李行導演，歐威、唐寶雲主演），張先生一生寫了近二百部電影劇本，這是唯一出版的一本，意義非凡。

林衡哲說，其中有五本是他約的稿，包括施叔青、鍾玲、杜維明、韓國鐄和夏濟安等，其他都由楊牧邀稿。本文不在這個地方區分，但林衡哲確實催生有功，值得記上一筆。叢書後來結束，一般都認為肇因於劉大任的政治問題，讓志文老闆張清吉先生不勝其擾，但在商言商，除了《鄭愁予詩選集》好賣以外，銷路應該都不會很好，藉機結束是一種解脫。這是一套優質的叢書，楊牧認真做好編輯的工作，進一步就是「洪範叢書」了，自己成了老闆之一，在編務上必然全力投入了。

——二〇二〇年四月，刊登於《文訊》

繼續在天上書寫

——紀念楊牧

陳義芝

國立臺灣師範大學國文學系兼任教授

楊牧這幾年身體弱了，抬腳邁步似乎都比較費力，因此格外不喜歡外出。夫人夏盈盈只好個別地，時不時邀幾個朋友到家中小聚。我知道鄭毓瑜、陳育虹、曾淑美等人都常去陪楊牧聊天。去年秋初，大約是八月吧，美國詩人翻譯家喬直（George O'Connell）、史春波伉儷拜訪楊牧時，育虹和我也都在，那次楊牧談興很高，可以跟喬直談美國詩人、一九六〇年代愛荷華國際作家工作坊的記憶，也會開玩笑講一些輕鬆的話，例如他讀高中時，洛夫在大直軍官外語學校受訓，每個禮拜都去找他，其實目標不在楊牧，而是楊牧的表姊。我問楊牧：「你不是正戀愛著表姊嗎？那麼，你和洛夫曾經是情敵囉？」他輕描淡寫地說：「洛夫不知道我愛表姊。」又說：「小學時我還喜歡過一個女生……。」談到詩人的戀愛故事，我說瘂弦曾經去師大女生宿舍「站衛兵」找就讀藝術系的胡梅子（夐虹），楊牧說夐虹對瘂弦沒意思。眾人都笑。

楊牧有一位主治心臟的醫師，在花蓮門諾醫院，有一回他和夫人一起去花蓮，我問：「檢查結果如何？」楊牧回答很絕，他說：「檢查是其次，主要是盈盈想去花蓮住旅館，換個不一樣的環境。」

今年春節前，我又去了他家兩回，有一次唸楊牧的詩給他聽，有一次唸楊牧的散文。我是真心嘆賞楊牧廣大的文學世界，帶著朝聖者的心情。

鄭毓瑜去年九月在「楊牧八秩壽慶國際學術研討會」上的主題演講，以〈仰首看永恆〉為題，論析楊牧的天人交涉、倫理與詩藝，藉楊牧詩文與楊牧對話，說明楊牧是拔地戾天、搏擊長空之鷹。這篇講稿刊登在《政大中文學報》，我最近讀了頗有觸發，決定這學期「現代散文專題研究」課的文本閱讀，就以楊牧為主。

三月十一日上午我在師大研究所課堂，提示楊牧《葉珊散文集》新版序〈右外野的浪漫主義者〉對浪漫主義的抉發，整本文集則是浪漫主義多層意義的感性詮釋。這本集子的文章寫於楊牧二十至二十五歲，那麼年輕已經確立了文學與生命的思想，而往後又能不斷不斷地開展、試探、延伸，其詩文、論述皆攀頂，放眼文壇除楊牧，還有第二人嗎？

我跟學生說，有心探究散文筆法者，看看楊牧〈十一月的白芒花〉（《亭午之鷹》），有心學習楊牧博厚縱深者，讀讀〈卜弼德先生〉（《柏克萊精神》）。楊牧說過，他不跟時人相比，他跟古人比，我問他最重視的作家，他說莎士比亞。我問他一個好作家的條件，他說：有豐富的想像力、廣大的同情心、縝密的思考、精湛的技巧。這是去年十二月他說的話，肢體行動雖不太靈活，但思維回應毫不遲疑。我覺得珍貴，當場記在記事本上。

我寫過一篇論楊牧詩與中國古典的論文，題名〈住在一千個世界上〉，這句話是濟慈書信中的話，出自《奇萊後書》楊牧自述他與濟慈的相識。楊牧指出創作之道以學問作後盾，特別是古典學術的翺翔，使人不只住在單一的現世，而是一千個世界上。他所謂的世界，當然不是外在世界而是內心世界，是由閱讀所開展、歷史真實所辯論、文學抒情所陶冶的心靈居所。

楊牧的古典浸潤，形成其思想架構、心靈體系，不僅再造現代詩的形式美，更揭示現代人生命的意義。楊牧採用的「古典」，分明是一獨立的經驗存在，經他加入想像，使人物史實或文本角色成為自我內省的心象，「在形式上，成就一種新的語言；在內容上，表出唯有現代所有的情感與眼界」。後人讀楊牧詩不一定讀出相同的內容、意義，但總為詩行深處的文化理想，以及情感洶湧充滿迂迴轉折空間的藝術美感勾攝。「外在的客觀目的往往臣服於內在的主觀經驗」，古代的心靈經驗轉成現代的關鍵情思，不僅屬於作者，也呼喚著讀者。

早年楊牧對臺灣現代詩「唯西化是尊」的修偏，及其詩作對古典的創發，使我對自己的學思之路不致懷疑，在寫作上有了更開闊敞亮的認知。這些年我聽說馬悅然、奚密、鄭樹森及多位西方翻譯家，合力在進行著楊牧著作的西譯工程。奚密說，他是現代漢語詩史最偉大的詩人。三年前，臺師大及中華民國筆會開始向瑞典學院提名楊牧為諾貝爾文學獎候選人。我曾提供一點個人看法給推薦單位，存檔的筆記如下：

楊牧是當代華文世界最傑出的詩人、散文家、翻譯家，創作生涯逾六十年。十七歲開始寫詩，他那迷離惝恍的抒情韻致，分明承接了三千年來中國的抒情傳統，以現代語言融入古典語彙及臺灣的地方語型，再造出一種清新迷人的節奏。

楊牧已出版詩集十四冊，其作品中的時代語境包括戰爭傷害、天災、歷史事件、範型人物事蹟、民族滄桑，以及個人的理想追尋。他以左翼知識分子的情懷，闡揚愛與同情，超越狹隘的政治界域，探索人性，悲憫嚴肅。

不論處理任何題材，楊牧詩作之所以皆能富含詩意，在於他對現代詩技法始終不懈的開拓，例如敘事功夫、戲劇獨白表現，即其鮮明成就。借用小說、劇場元素而使詩的主題、向度無限，增添詩的方法與魅力，在這方面的影響，放眼華文詩壇，無人能及。

六十年來，楊牧潛心鑽研詩藝，除詩創作外，更以他深沉的學思散文、針砭美學的評論、中古英詩的翻譯，及中國古典詩的編輯、詩論的箋注，引領華文創作者注目更廣大的視野，拓殖生生不息的創作活力。的確是現代漢語詩史最偉大的詩人。

楊牧辭世，令人有星空黯淡的痛惜，但他留在文學史上的資產已夠豐富，以他安於右外野手的孤獨、從來不知止息的勤奮精神，我想他在天上一定還在繼續書寫。

——二〇二〇年三月十三日楊牧辭世，十四日作此文

譯事·譯緣

——我與楊牧先生的翻譯因緣*

單德興

中央研究院
歐美研究所
特聘研究員

楊牧先生為文壇名家與學術前輩，一般人與他結緣大多因為文學、學術，或兼而有之，而我的因緣較為特殊，緣起於翻譯。雖然只是一篇譯作，卻是個人學術翻譯的濫觴，或許值得一記。

一九七二年，我進入國立政治大學西洋語文學系，經過一年的「解凍期」，逐漸從僵冷的中學教育中甦醒，大二時開始閱讀楊牧早年以葉珊為筆名寫作的詩與散文，沒想到大四時竟有幸結識。

* 本文撰寫承蒙鄭樹森教授與張力教授提供資料並過目，謹此致謝。

一九七五年秋，我與西語系同學及政大文友因為新詩朗誦比賽以及成立長廊詩社之故，多次前往拜訪楊牧。剛開始彼此不免有些拘謹，因為「王老師」（我們都如此稱呼）屬於慢熱型的人，當時在臺大外文系客座，獨居於金山街的公寓，而我們則對這位文壇名人與大學教授心存敬畏。由於沒有正式的師生關係，經過幾番以文相會、把酒言歡，就化了冰，相處自在。入冬後臺北既濕且寒，有幾次我們相約到王老師住處吃火鍋，由他提供各種酒類，我們帶著多種食材與鍋碗瓢盆，一進門就直奔廚房，分工合作，洗洗切切，三兩下便上桌，大夥兒圍著熱騰騰的火鍋吃喝暢談，其樂融融。

一次我們幾個男生登門拜訪，看到桌上擺著一份英文論文抽印本，題目為「Towards Defining a Chinese Heroism」，一九七五年刊登於《美國東方學會會刊》（*Journal of the American Oriental Society*）。原來是《中外文學》社長兼主編侯健老師邀稿，但楊牧苦於沒時間撰寫新論文（想必因為許多資料不在手邊，另撰新稿耗時費心），有意找人中譯這篇比較文學的論文交稿。由於我在政大的中英翻譯比賽得過幾次獎，大夥兒便你一言我一語吹捧起我的翻譯能力。我起先只當是玩笑，沒想到老師居然當真，要由我翻譯。我至今仍想不透，他為何如此放心把這篇發表於歷史悠久（一八四三年創立）的國際期刊上的論文，交給一個年方二十的西語系毛頭小子來翻譯。照說臺大人才濟濟，既有中文系與外文系的老師，也有碩士班與比較文學博士班的學生，依常理判斷，再怎麼樣也輪不到外校的大學生來翻譯這篇論文。

除了自認能力不足，另一個顧慮是我正在準備外文研究所入學考，為了集中心力，連已報名的預官考試都已放棄（因為實在受不了那種教條式的考試內容），除了一門每堂必定點名的歐洲文學之外，固定每天早上八點到圖書館報到，晚上十點關門才離開，成天猛啃英國文學史與美國文學史。若是翻譯知識量如此之大的學術論文，勢必要花費很多時間與精神，壓縮到準備研究所考試的時程。

或許因為聽信同學們的說法，或許酒精發揮了作用，王老師竟然決定交由我翻譯，並說譯稿出來後他會訂正，要我放寬心。既然老師都這麼說了，再加上朋友們一旁鼓噪，我只好硬著頭皮接下來，心想既然中英翻譯是外文研究所入學考五個科目之一，那就把這份差事當成暖身。那晚大夥兒照例吃吃喝喝，酒足飯飽後天候已晚，沒有公車回木柵。老師回房休息，其他人在客廳各自找地方酣睡，只有我如同接下不可能的任務，徹夜讀完論文，次晨當面向老師請教一些問題後，懷著忐忑的心情返回木柵。

這是我首度翻譯學術論文，因此甚為戒慎恐懼，翻譯過程中多方查考資料，並重讀收錄於王老師和東海大學老同學林衡哲合編的「新潮叢書」中的論文集《傳統的與現代的》（一九七四），尤其留意書中第一部分「傳統的」中幾篇比較文學的論文，如〈公無渡河〉、〈驚識杜秋娘〉、〈衣飾與追求——「離騷」和「仙后」的比較〉、〈說鳥〉、〈詩經國風的草木〉等，揣摩論述方式與文字風格，盡量讓自己進入「翻譯狀態」。我很可能也循例複習了思果的《翻譯研究》，因為先前幾次為了準備校內翻譯比賽，每回都從頭到尾細讀此書，悉心體會，提醒自己切忌筆下出現「翻譯體」。

譯稿完成後送請王老師訂正，定名為「論一種英雄主義」。印象中老師對譯稿改動不多，我不免有些意外，心想以他的博學與文采，大學生的譯筆應是難入法眼。我們相約見面取稿，他重點式說明，我將修訂稿取回，重謄一遍，總算大功告成。該文於一九七六年四月刊登於《中外文學》。稿費好像是一千五、六百塊，對我來說有如發了一筆小財，但又覺得受之有愧，因為我既非原作者，而且王老師花了不少時間校訂。後來想到木柵以包種茶聞名，便在學校附近的茶莊挑了一罐較高檔的茶葉親自送上，聊表謝意。多年後，我偶爾有英文稿由他人中譯，在修訂時往往大張旗鼓，稍微不符自己的意思或文字風格就訂正，電腦上的追蹤修訂檔經常是滿江紅。這時才體會到當年王老師對我是多麼寬容。

事隔四十多年，當初翻譯的過程與細節已不復記憶，王老師訂正的譯稿也早不知流落何方。如今回想並比對原文與譯稿，印象中較深刻的有幾點。最明顯的就屬標題了，原先我把「Towards Defining a Chinese Heroism」直譯為「朝向一種英雄主義的定義」，老師改為「論一種英雄主義」，言簡意賅，精實有力，為歸化（domestication/naturalization）的最佳例證。二十年後，我在翻譯薩依德（Edward W. Said）的*Representations of the Intellectual*時，書名捨直譯的「知識分子的代表」或「知識分子的再現」，而採直截了當的「知識分子論」，這種大膽的歸化手法或許與當年的經驗有關。因此我在緒論中特別說明，為了避免無法譯出雙關語「representations」，而直接出之以「論」，以示「知識分子薩依德現身說法談論知識分子這個議題」。

其次是小標題，原文四節標題分別為：「THE EPIC QUESTION」、「CONCEALING THE WEAPON」、「ELLIPSIS OF BATTLE」與「DEGENERATION OF A BIRD」。譯文定稿都以四字呈現：「史詩問題」、「載戢干戈」、「戰情省略」、「飛鳥惡化」，後三者都是我能力不及、想像不到的表達方式。這種四字譯法既排比又工整，讓人聯想到他的博士論文《鐘鼓集——毛詩成語創作考》（*The Bell and the Drum:* Shih Ching *as Formulaic Poetry in an Oral Tradition*，一九七四）所研究的《詩經》文體。

另外兩件記憶猶新的事則與早年手工寫稿的年代有關。一是英文論文中有一個註解在中文版實無必要，但若刪除，則內文與尾註的所有註號都勢必要前挪，工程不小（此篇註解之多在我翻譯的學術論文中名列前茅）。老師在刪除的原註位置另補一註，問題便迎刃而解。為了撰寫這篇紀念文章，特地比對原文與譯文，發現中文版刪去的是有關《詩經．小雅．出車》編號的註十七

（英文版頁二七左欄），代之以他博士論文中有關〈出車〉的討論（中文版頁四三），除非仔細對照原文，否則了無痕跡。另一則是此篇論文有四十七個原註，近半數附有英文。我本想以手寫即可，但老師提醒，根據他的經驗，內文、尤其是註釋裡的英文，一定要打字，否則不管手寫得多麼清楚，鉛字排版時一定會出錯。

還有一件事涉及「王字標記」的標點符號用法。王老師寫詩撰文從不用頓號，因為他認為標點符號是「舶來品」，而頓號為中文特有，所以譯文中甚少頓號。此譯文後來收入文學評論集《失去的樂土》（二〇〇二）時，原先少數倖存的頓號悉數改為逗號，文字略有修訂（如將「中國文學」改為「漢語文學」），文末標識「單德興漢譯」。此外，其他一些專有名詞也由他定奪，最重要的就是攸關全文宏旨的「The Weniad」。此一觀念與英文都為楊牧新創，仿希臘史詩《伊里亞德》（*The Iliad*）自鑄新詞，中文裡前所未有，譯為「周文史詩」自是原作者的決斷。這些都絕非我這個才疏學淺、筆力有限的青青學子絞盡腦汁所能想出。

然而，我也有少許得意之筆。如文中一處出現「ambitious」，若譯為「野心」實有偷懶之嫌，而且中文的負面涵意也與上下文扞格，但若譯為「雄心壯志」則不免俗套，而且與其他對等的形容詞（「自重」、「高貴」、「完美」）字數不一，顯得詞費。譯者都有此經驗：翻譯過程中遇到的困難會縈繞於心，多方尋思，此時對文字特別敏感。我靈機一動，想到陶淵明追憶自己的年輕志向時，曾寫下「猛志逸四海」的詩句，於是將「ambitious」譯為「猛志」，不僅精簡有力，而且貼切、對仗。我當面向王老師說明此詞出處與用意，獲得首肯。

譯者是最精細的讀者與最賣力的表達者。就文字層面而言，以上事例讓我受益良多。再就內容而言，翻譯此文讓我有機會首次精讀比較文學科班出身學者撰寫的英文期刊論文，不僅了解文章架構，也留意資料來源與論證方式。要言之，全文力圖為「漢語文學裡為什麼沒有發展出西方式的史詩？」這個中西比較文學中長久存在的問題尋求答案。作者上下求索的證據包括了文學、歷史、哲學、思想，並獨創了「周文史詩」之說與西方史詩分庭抗禮，強調中華文化深切體認到兵凶戰危，因此文學作品中不像西洋史詩般大肆描繪戰爭場景，而以略筆處理（即「戰情省略」），並主張這正是中國文學與文化的特色，而非缺失。這種揚文抑武的立場與人道精神，與同年出版的《年輪》（一九七六）中所呈現的反戰思想，相互輝映。足證文學創作與學術評論俱為王老師的人格思想於不同面向的展現。

雖然過程中的細枝末節因年代久遠而模糊不清，但翻譯時的縝密審慎、字斟句酌、反覆修訂，這種心態與作為無形中已內化成自己的一部分，連同從其他老師與前輩所學，尤其余光中老師的翻譯理念與實踐，都具現於我後來的翻譯中。而〈論一種英雄主義〉就成為我學術翻譯的初體驗，一直位居履歷表中翻譯項下的第一個條目：

一、〈論一種英雄主義〉，王靖獻（C. H. Wang）原作，《中外文學》，四卷十一期（一九七六年四月），頁二八～四五；收錄於《中外比較文學的里程碑》，李達三、羅鋼（主編）（北京：人民文學出版社，一九九七年十二月），頁二四〇～二五五。

楊牧以現代詩與散文名聞遐邇，然而正如許多外文學門出身的學者，翻譯既是分內之事，也是引介異文學與異文化精華之職責所在。他的譯作中有轉譯自英譯的洛爾伽（Federico García Lorca）的《西班牙浪人吟》（*Romancero Gitano*，英譯名多為 *Gypsy Ballads*，一九六六），與張愛玲、林以亮、於梨華合譯的《美國現代七大小說家》（一九六七，翻譯〈威廉・福克納〉〔William Faulkner〕與〈拿撒奈・韋斯特〉〔Nathanael West〕兩篇），譯自義英對照的但丁（Dante Alighieri）的《新生》（*Vita Nuova*，一九九七），編譯的《葉慈詩選》（一九九七）與《英詩漢譯集》（二〇〇七），翻譯的莎士比亞告別劇場之作《暴風雨》（*The Tempest*，一九九九），以及從中世紀英文翻譯的《甲溫與綠騎俠傳奇》（*Sir Gawain and the Green Knight*，二〇一六）。[1]其中《葉慈詩選》、《暴風雨》與《英詩漢譯集》更採英漢對照，方便讀者往返於原文與漢譯之間。這些選材與實踐一方面反映了楊牧涉獵之廣、鑽研之深、用心之切，另一方面也顯示了他有意引介的文本以及凸顯的特色。凡此種種俱見於譯者夫子自道的導言、跋語等附文本（paratext），並可與他身為詩人、評論家與文選家的其他論述相互參照。

雖然「詩人楊牧」與「散文家楊牧」的名聲遠遠蓋過「譯者楊牧」，但也有學者撰文探討他的翻譯，正反面意見都有。個人雖然收藏他的譯作與譯論，但並未深入探究。記得有次與曾珍珍提到，不知楊牧為何會把「Gawain」譯為「甲溫」，而不是常用的「高文」，她提示我用閩南語唸唸看，果然是相當貼切的音譯。

我與王老師最後的因緣依然是翻譯，場合為東華大學的楊牧文學講座。負責安排該講座的

1《西班牙浪人吟》譯者葉珊，作者「F・嘉西亞・羅爾卡」，一九六六年八月由現代文學雜誌社出版，為現代文學叢書之三。此書後來成為鄭樹森為洪範書店所編的「世界文學大師隨身讀」叢書之二十（一九九七），並納入《世界文學大師》輯四（一九九九），作者之名由「羅爾卡」改為「洛爾伽」。根據鄭樹森教授二〇二〇年六月十九日與二十日的電郵，「《西班牙浪人吟》似轉譯自美國著名詩人Lorca及英譯者Edwin Honig的譯文」，但不清楚曾否參照其他英譯版本。「中譯先在《現代文學》刊出並以當期版樣抽出另印小冊子（送詩友文友非賣品）。（譯文風格可比對一九六〇年代中期葉珊詩作、又可對比《禁忌的遊戲》）。」《新生》則「譯自原文及英文對照本（似另有參照Mark Musa重刊多次的英譯）。」至於《甲溫與綠騎俠傳奇》「所用自是托爾金（J. R. R. Tolkien）整理的版本，及其另刊的現代英語譯本。」有意者自可按圖索驥。

曾珍珍邀我於二〇一七年三月針對翻譯發表兩場演講，我就以〈從翻譯出發——一位學者／譯者的反思〉與〈翻譯與評介——作者、譯者與讀者之間的橋梁〉為題，地點就在東華大學圖書館楊牧書房附近。我在開場白特別提起四十年前的那段翻譯因緣，如今在楊牧文學講座以資深學者與譯者的身分談論翻譯，覺得相當不可思議，卻又彷彿冥冥中自有安排。演講結束後我參觀楊牧書房裡收藏的文物、手稿、書籍等，更貼近了這號傳奇人物的日常生活、學術生涯與文學生命。

展示的圖書中包括了香港出版的《譯事》（二〇〇七），這是他擔任香港科技大學包玉剛傑出訪問講座教授時的演講與討論翻譯的文章合集，我先前在撰寫翻譯論文時曾經引述。他在書前說道，自己正式從事翻譯始於應林以亮之邀，為香港今日世界出版社翻譯《美國現代七大小說家》，合譯的張愛玲、於梨華俱為當時華文文壇名聲烜赫的人物，而他仍是博士班學生。他感謝林以亮提供的機會，並且「很認真地審閱了一遍」他的譯稿，優渥的稿酬也讓他免於暑假打工云云。讀到這裡，我回想起那個濕冷的臺北冬夜，或許老師也是以過來人的身分，提供窩居於指南山下的大學生一個機會，從翻譯以及他的審閱、訂正中潛移默化。

遙想當年，楊牧不過三十五歲，已以詩文聞名華文文壇，後來更是著作等身，包括現代詩、散文、論述、翻譯、文選、回憶錄等，若干著作並透過多種語文外譯名揚國際。而我也如顧考上臺大外文研究所，陸續獲得英美文學碩士與比較文學博士，於一九八三年進入中央研究院美國文化研究所（一九九一年易名為歐美研究所），並於二〇〇二至二〇〇六年間與來中國文哲研究所擔任所長的楊牧有過數年同事之誼。如今我已是坐六望七之年，回首往事，一路得到許多良師益友的指導與關照，也陸續翻譯出版了不同類別的書籍近二十冊，而其中的學術翻譯便是始於大四的那段譯緣。

——二〇二〇年六月二十三日，臺北南港

呦呦鹿鳴憶楊牧

張錯

南加州大學
比較文學系及
東亞語文學系
榮譽教授

「讓我教你」，他說。

不是在研究室，是在他的廚房，「很多人不會煮泡麵。」西雅圖的葉珊（楊牧）給我說，「一般人都是煮沸了水，就把麵放下去，那是不對的。應該先把調味料放進去，煮一下，再放麵，水再沸，蓋上，熄火，靜候一會，這樣泡麵才有味道。」我唯諾受教，從此煮麵也跟隨這步驟。

上世紀八十年代他來洛杉磯，早晨我和夏盈盈在後院「講武」討論舞臺翻滾與武術腿擊完畢（她不止是刀馬旦，還是跆拳黑帶），我說不要做早餐了，去吃燒餅油條吧，「我不愛吃，麵粉包麵粉。」這是第一次聽到他對燒餅油條的名言，其實我愛臺灣燒餅油條不得了，還有蛋餅和甜豆漿。那次他還來看張永祥、任芝蘭夫婦，我們一家和永祥大哥幾十年交情，都自他開始帶動，兩家小孩年齡相差不遠，加上任大姊妹妹任玉蘭一家，儼如海外一個小圈子大家庭，過年過節溫馨熱鬧，一直到小孩長大才各散東西。至於楊牧、張永祥與瘂弦的交情，卻又要另追算他們當年幹校的「哲學宵夜」（後來也見到老蔡的蔡伯武），那些年代我應還是大學生。

他從麻塞諸薩大學來西雅圖華盛頓大學（UW）任教，我剛考博士資格試，他沒有考我，我的導師是施友忠老師，華大博士資格考有一項慣例，筆口試前必須由系方老師出一道筆試題，讓考生拿回家翻書作答，如果答案系方不滿意，便會延遲資格考。那年比較文學研究所瓊斯教授出了一個有關「知識」（knowledge）的問題，要我試述從西方古希臘文明未知與求知的發展，去比較中國文明知與不知的異同，那真是直可著書立說的大哉問。我私下拿去請教楊牧，他仔細給我析解提供關鍵資料，方悉他對東西古典文學的深湛修養。以後我在南加大比較文學系開中西比較研究課程，亦會把中西「知識」命題當作文哲比較研討，其中更揉雜施老師《文心雕龍》及「第二和諧」、〈心與宇宙秩序〉（一九三九）文哲觀念，還有更早論希臘三哲與當日社會的《柏拉圖與亞里斯多德》（開明書店一九三七年初版），可謂得益自楊牧啟蒙。

考完資格試，論文尚在準備階段，但已心有旁鶩，躍躍欲試其他領域，那時已讀到加州大學聖地牙哥分校文學系皮亞斯（Roy Harvey Pearce）教授對美國詩歌延續詩論，有天在學校餐廳碰到楊牧，併桌邊吃邊聊，告知想翻譯威廉斯（William Carlos Williams）的現代史詩《柏德遜》

（Paterson），那是長達數百頁的美國現代詩。他聽到欣然大喜，並說本亦有意翻譯此書，現讓我來做太好了。我又說此詩曲高和寡，旁徵博引，資料龐雜，連某校英文系教授也咒罵全書不知在說什麼，拒絕列入其美國現代詩課程，如此恐怕臺灣不能接受。他說不怕，會跟瘂弦說在《幼獅文藝》連載，結果真的就在幼獅每月連載年餘，一直到全詩譯畢。我不能不感激楊牧遠瞻及瘂弦膽識，那時只有楊牧瘂弦能做到。

楊牧的垂顧還包括洪範出版的《張錯詩選》，沒有他的推薦，應該是完全不可能之事，我非自謙，亦非自貶，自西雅圖後，沒有常找他，他也沒有常找我，應是我倆共同性情，大道無情，這方面倒是「醉後各分散，永結無情遊」道家之意。說起醉後，我曾因胃出血，是名列他的無趣飲者之一。當他告知洪範準備出版張錯詩選，驚喜之餘，要求給我寫序，他欣然應允，序出來後，雖是以張錯〈劍之於詩〉為題，其實卻是他的詩觀闡釋，大家知道其人詩作或顯或晦，抽象具象皆備，意象鮮明如脫手彈丸，圓轉流暢，讓讀者產生出辯證正反有如聆聽古典音樂的「意義詮釋」與「反詮釋」。他說，「也許這個講法還是不錯的：我們對一首詩最大的禮讚，就是專注，聚精會神去閱讀它，即使為某種獨異的原因竟從一錯誤的地方切入，以致於我們尋覓到的解說悖離了作者的意志；但若是因為藉著這樣高層次的心智交涉，我們畢竟已實際沉潛於他的詩之深奧而無懈怠，玩忽，我們應該就是有所體會，嘗到了喜悅，挫折，即使超越了他的想像，也還是禮讚。」他強調詩的多層面、言外意，雖然作者並未全死，但讀者如能專注，產生另一種高層次的心智交涉，詩人的劍就不止是一柄利器，還有其歷史、典故、紋飾、身分、考據種種傾注及聯想，把詩的內涵提升到另一層次，那麼就算悖離原意，也值得加分禮讚。

我的治學與創作生涯，何其有幸得識兩個亦師亦兄的前輩，一是楊牧，另一是李歐梵。初識歐梵於一九八〇年愛荷華聶華苓主持的「中國週末」，作家一一上臺朗誦如儀，待我讀畢，他驀地起身即時英譯拙作，讓我感動之餘，見識到李歐梵不止是學者，還是一個尊重文人的學人。當然歐梵除了在講臺，亦有其他表演壓抑，他的「三壓」，一是當樂團指揮，後來在臺大交響樂團實現了，二是小說創作，寫完《范柳原懺情錄》，又寫了一本花蓮佳山空軍基地小說，也滿足小說家的浮華了。三是想在胡金銓電影裡當一名壞人，據他自稱天生一副壞蛋臉孔，可惜胡導演《華工血淚史》尚未開拍就逝世了，一直壯志未酬。

和歐梵自後交往，加上楊牧，三家在西雅圖、劍橋哈佛、洛杉磯犄角織成三角之勢，相互往來。說好每年三家一聚，他自回花蓮東華後便不了了之。有年和楊牧共赴哈佛參加歐梵安排（張鳳協助）的一個作家工作坊，講演排在下午二時，午飯後兩人都想休息片刻，時間短促，大概只有十五分鐘左右，歐梵研究室空間有限，只好在走廊長凳分別躺下，我不是要睡就能入睡的人，思潮起伏，時睡時醒，相反楊牧在另一邊呼呼大睡，醒來精神飽滿，真非常人也。

另一次三家齊聚西雅圖楊家，駕車坐渡輪去外海的聖瑣群島（San Juan Islands）三大離島之一洛佩斯島（Lopez Island），以麋鹿聞名，如要觀鯨，則要到聖瑣大島。洛佩斯島居民僅二百餘戶，只一戶中國婦人，盈盈認識女主人，主人當日不在，傍晚才歸，留下鑰匙，邀請我們六人作一日遊，美麗航程有如詩般浪漫，寒冷海風、迷人岸線、翠綠景色（華盛頓州又名常綠州）、香濃熱咖啡（西雅圖道地星巴克，還有《白鯨記》及《星際大戰》的聯想）。此島麋鹿繁殖過剩，州政府消滅狼群、山貓後，每年秋季有兩月開放打獵，達爾文主義殘忍不堪。我們來訪剛好夏天，但見藍天碧海，林木聳翠，坐在陽臺簡直海外浮世，世外桃源。想起安格爾先生（Paul Engle）在《回憶錄》描述愛荷華城他的「鹿園」：「我們山頂一大片樹林，蜿蜒迤邐到後面的山谷，山谷裡有許多野鹿。華苓喜歡遠遠看牠們從樹林一隻隻走出來，在園子裡遊蕩，吃我撒在樹林邊上的鹿食。」

恰好我們三人均與愛荷華有緣，歐梵曾為華苓乘龍快婿，楊牧一九六四年在「作家工作室」念完藝術碩士（MFA）才到柏克萊念比較文學博士，我則要到一九七三年才到愛荷華的「國際寫作計劃」一年，把博論寫完回西雅圖答辯，翌年秋天才到南加州大學任教。在愛荷華停留過的作家，多數會熟悉Dubuque街安格爾的房子，冬天結冰陡險斜坡，後山見到或未見到的鹿群。

抵鹿島安頓後，盈盈又開車帶婦女去渡頭查看渡輪回航時間及買啤酒回來，楊牧不用同去，正中他下懷，他是余光中所謂「恐門症」候群（此詞是否余老師始創，待考），即是看見門都會害怕要出去，最好坐在家裡飲酒聊天。那天坐在露臺觀海，很多人都以為詩人學者聊天，一定談文說藝、結構解構、殖民後殖民，其實那是最無聊無趣之事，閒情舒適莫如海闊天空，談天說地，懷想一些共同朋友，甚至一些女士們不在男人無傷大雅的饒舌（gossip）。

傍晚女主人回來，帶來一大包殘餘菜蔬，引領我們丟菜餵鹿，但見群鹿紛紛而來，群情洶湧，我曾在散文〈鹿鳴之篇〉訴說：看到牠們疏疏落落出來覓食，而且也不害怕陌生人，則這絕對是一個人獸相融的理想世界。惟有彼此兩無猜忌，人無傷鹿心，鹿無害人意，這世界才會回復古代有如遊仙詩裡隱逸的山林。其實那又有什麼困難呢？但是困難仍不在純真鹿意，而在於變幻莫測人心，以及無限的貪婪與占有、忘本與負義、耳語與汙蔑，最恐怖的還有它的虛偽與機詐！

我們相繼向女主人道別，她拿出一本留言冊請我們簽名留言，我最年輕先寫最吃虧，猝不及防胡亂寫了數句，早已忘記寫什麼了，跟著歐梵寫，最後楊牧，他思索一會，寫完向主人解釋，這原是《詩經》裡主人向賓客表達歡迎之意，現在稍為倒轉過來。我也記不清楚倒轉什麼了，但記得那是來自「鹿鳴」之篇：

呦呦鹿鳴，食野之苹

我有嘉賓，鼓瑟吹笙

詩經是他的當行本色，遂也想起他那本至今無人尚出其右的英文著作《鐘鼓集——毛詩成語創作考》，以及常向我提及的夫子殷殷教誨——小子何莫學乎詩，興觀群怨之外，還要多識鳥獸草木之名，到了今天仍銘記於心，雖未春服既成，浴乎沂，風乎舞雩，但亦多識草木，觀花賞鳥。

當時島上夕陽葡萄紫紅酒興方酣，有似人生一種智慧圓融。是的，轉眼我們便乘渡輪回到俗世，是的，我們都不再年輕，但在許多有所為有所不為的抉擇裡，我們仍然擁有一種高貴尊嚴，那種聲音，有如一連串自由自在的灑脫鹿鳴，無論是遺世、冷落、飢餓、疾病、衰老或甚至死亡，均不為凡間環境所動或所辱。

生命存在不止是一種權利，也是一種追尋、一種領悟，然後是一種抉擇。

我識楊牧於一九七二年，交往整整四十八年，也算大半生了，他的離去給我帶來巨創，有似帝堯之時，共工頭觸不周之山，折天柱，絕地維。也想起鄧恩（John Donne）「無人是孤島」的名言，真的，他在我生命的交會影響，已構成我生命大地的重要部分，不能用時間來測量長短了。他代表一個時代的風華，獨領風騷於他生於斯長於斯的土地，甚至葬於斯的家鄉花蓮。他的回歸臺灣讓我妒羨羞愧，我依然是一個流放在外無鄉可歸無國可投的異鄉人。

傍晚南加州春夜乍暖還寒，疫情嚴重日死千人的紐約東岸竟然五月紛紛飄雪，想起喬伊斯（James Joyce）短篇小說〈死者〉的結局，那是愛爾蘭文學最優美散文：

「是的，報章是對的：雪落在整個愛爾蘭……也全面落在山上孤寂教堂葬著邁克．富萊的墓地，厚厚一層飄落在歪曲十字架及墓碑，落在鐵柵尖戟，落在荒涼荊棘。他緩慢進入睡鄉，聽著雪花落在無邊大地，輕輕飄落，就像它們最終的降落，落在所有的眾生和死者。」

——二〇二〇年五月十五日，於洛杉磯

輓詩二十行
——送別楊牧

李有成
中央研究院
歐美研究所
兼任研究員

While the tree lived, he in these fields lived on.
—— Matthew Arnold, "Thyrsis"

我深夜獨坐讀詩
春雨淅瀝，像邈遠的記憶忽斷忽續
整座城市籠罩在漸濃的憂鬱裡
半睡半醒間，囁嚅低語
茶涼後，時間也跟著涼了

除了詩，此刻還能說些什麼？
聽說你已經離去，詩掩卷了
心情漸老，在語言猥瑣的年代
我們曾經尋思，詩，如何
可能演出卑微的抗議

往後你還會寫詩嗎？還會有人問你
公理與正義？你這樣轉身
踩著落葉窸窣，想要留下
怎樣的身影？南港多雨
可四分溪枯淺，游魚仍然勉力
在水中描摹優雅與淡漠
我緬然記得，我們也喝過
一些酒，甚至談過一些詩
就像現在，春夜有雨

我獨坐讀詩，在語言疲累的年代

——二〇二〇年六月一日，於臺北

附記——我初識楊牧當在一九七七年左右，他自美國返臺在臺大客座，我則在臺大外文系念碩士，不過他主要在博士班授課，因此我沒有機會跟他上課。其時我分租陳鵬翔住處，另一位隔房分租者為高天恩，楊牧不時至陳鵬翔（陳慧樺）住處喝酒，我那時年輕，也喝些啤酒，因此多半也會在場作陪。除了楊牧，經常在座喝酒的還有羅門、蓉子、林綠等。我和楊牧雖然很早就認識，不過他早年在美國教書，我們見面的機會不多，即使他後來回到花蓮，創設國立東華大學人文社會科學學院，我們見面也多在公開場合。反而是他擔任中央研究院中國文哲研究所所長那幾年，剛好我是歐美研究所所長，因為共事，公私兩便，我們過從較多。楊牧退休後我們就很少再見面。我只有偶爾向須文蔚探聽他的健康情形，知道他要靜養，因此始終不敢去打擾他。不過我自年輕時就親近他的詩和散文，至今仍不時翻讀他的詩集與散文集。他是位可敬的詩人和散文家。楊牧，本名王靖獻，早期筆名葉珊，一九四〇年九月六日生於花蓮，二〇二〇年三月十三日逝於臺北，享年八十歲。本詩提到的四分溪為流經中央研究院的一條小溪，楊牧至中國文哲研究所上班必定路經四分溪。

輯二．昔我往矣

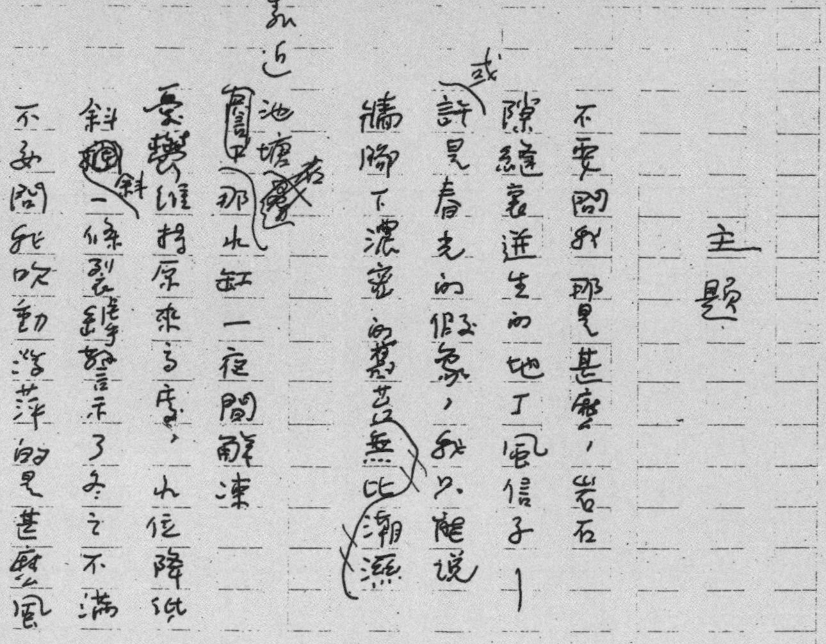
主題
不要問我那是甚麼，岩石
隙縫裏迸生的地丁風信子
或許是春光的假象，我只能說
牆腳下濃密的蔓草無比潮濕
最近池塘裡那小缸一夜間解凍
要變維持原來的廣度，小信降低
斜斜一條裂縫暗示了冬之不滿
不要問我吹動浮萍的是甚麼風

約1998年，楊牧〈主題〉手稿。

展翅

——楊牧老師

陳育虹

詩人
譯者

好幾個下午，我和盈盈約了就去他們家。總是三點過後，楊牧老師午睡剛醒，吃過中飯。妳來了啊他說，微微笑著。他在他固定的位子，盈盈和我對坐。窗外欒花花期剛過。

我問他好不好。他點頭。他的手有點涼。

盈盈和我隨意談些日常，把話題帶到他們的故舊友朋，他少壯的趣事，他的東海，普林斯頓，柏克萊，臺大，華大。希望他多說。遙遠的記憶有些含糊但處處閃光。一個太龐大深厚，卻絕對純淨，不含雜質的人生。

然後打開詩集，讀濟慈，讀葉慈。都是詩人翻譯的。必須是這個次序：濟慈在先，葉慈在後。那是他成長的次序，他最初的浪漫，終究的關切。

我讀〈昨天的雪的歌〉好嗎？他說好。陰暗的午後，「百葉窗外棲著幾點殘葉兩隻寒禽」，雪快樂地下著。「幸好地下室儲備了充足的糧食和酒／他們起床喝湯，坐在壁爐前聽氣象／洗澡上床……」雪還在快樂地下著，下著。年輕的心。宇宙之慾。

我讀〈春歌〉。他記得後院的山松盆景和叢菊。屋頂有殘雪。鄰居女主人爬上屋頂，排水管大概塞住了。是落葉嗎？「總之／春天已經來到」，紅胸主教不停地唱。〈貓住在開滿荼靡花的巷子裏〉，真有那樣一隻貓？什麼顏色的？是鄰居那隻？盈盈和我好奇追問。詩不能這樣讀的，詩人說。我們於是都笑了。

他的聲音輕。我必須坐得很近，坐在一個小凳子上，小凳子在他座椅邊。不知道為什麼那麼睏，妳的聲音就愈來愈遠了他說。

在客廳散步。喝幾口蔬果汁。吃得太少。

他寫了那麼多詩，讀也讀不完。他寫十二星象，寫禁忌的遊戲，寫熱蘭遮城，無伴奏隨想，寫池南荖溪或希臘，寫但丁陶淵明。他寫了許多輓歌。我們避開傷心的詩，傷心的話題。後面還有更多流淚的時候，貝德麗采說過。

有時也讀散文。〈亭午之鷹〉：「勁翮二六，機連體輕，兩翼健壯地張開，倏忽而去，在眩目的日影和水光間揚長相擊，如此決絕，近乎悲壯地，捨我而去。我聽到鐘響十二。正是亭午。」詩人看著窗外欒樹，眼神遙遠。那以後它就不再現身了，那隻剛毅，果決，凜然的鷹。

我常想像詩人腦子的結構和容量：左腦，右腦，延腦，海馬迴。東方西方，古典現代，文哲史地……他永遠在思考，在想像：一隻紅胸主教，一隻介殼蟲。他永遠沉靜，永遠專注，他看著一切；他看到的是至小的一切，至大的一切。他的「你」是「我」，他的「我」是「我們」。

聖誕前一天下午，我問他《楊牧詩選：一九五六～二〇一三》是怎麼選編的？就那樣選了他說。但我看得出背後的脈絡，我說。我看見詩人的心路，他的成長，成熟；看見詩人的自我定位，他的愛，生命，與歸屬，在眾星之中。

書架上還放著莎士比亞戲劇全集和但丁《神曲》。詩人翻譯過但丁《新生》，翻譯過莎士比亞《暴風雨》。莎士比亞和但丁誰比較了不起？我問。都了不起他說。根據一些《神曲》學者的經驗，《神曲》一百篇可以順著〈地獄〉、〈煉獄〉、〈天堂〉一篇篇讀；也可以橫著讀，比如〈地獄六〉跳讀〈煉獄六〉再跳讀〈天堂六〉，因為它們的內容是相關的，我說。詩人聽了眼睛一亮。是這樣嗎？他說，那麼但丁就更了不起；一部以三行韻詩的格律書寫，內容包括天文地理文史哲，彷彿百科全書的巨作如《神曲》，如果再加上這麼精密的整體架構，絕對是第一名。

您也是這樣的第一名，我說。

《神曲》裡有很多飛翔的意象，比如天使，詩人說，但丁的姓Alighieri也帶著翅膀。「在群星／後面我們心中雪亮勢必前往的／地方，搭乘潔白的風帆或／那邊一逕等候著的大天使的翅膀……」大天使一逕展翅等候，而我竟不知，那是最後一個讀詩的午後。

我不是他任何課堂的學生，但他是我最重要的老師。

謝謝楊牧老師。

——二〇二〇年三月十八日，刊登於《聯合報》副刊

夜空中最亮的星

奚密

美國戴維斯
加州大學
東亞語言文化系
傑出教授

好幾次，在和楊牧同在的場合有人會說：「奚密是楊牧的學生。」我總是多嘴接一句：「我不是他的學生！」這聽起來似乎不敬，卻是實事求是。在臺大外文系念書的時候，我和低一屆的幾位學妹比較熟。一九七五～一九七六年楊牧第一次來外文系擔任客座教授，教的就是我學妹的那班。暑假時她們要去楊牧家玩約我一起去，我就去了。應該是他溫州街租的房子吧，雖然是炎夏上午，裡面倒很陰涼。他拿出一幅書法卷軸，指著上面的「牧」字說：「楊牧的『牧』就來自這句。」寫的大概是《詩經》裡的句子，但是記不得了。記得的是，在他家坐了沒多久他就請大家去附近的小店吃水餃。圍坐一桌的女生中我最安靜，因為我沒上過他的課，跟他不熟，也不叫他老師。多年以後，他居然還記得這件小事，還跟我說：「你都沒說話嘛！」

如果當年修了楊牧的課，我會不會早就培養出對現代詩的興趣，不必等到念完了博士以後才跟它「偶遇」，靠自己一路摸索過來？早在臺北時我就買了他的詩集《傳說》，但是太難了，放下後就沒再去讀它，直到多年以後。那時候，還是覺得讀英詩比較愉快。

如果當年修了楊牧的課，我會不會早就去柏克萊念比較文學了？懵懂無知的我，拿了柏克萊的入學許可和獎學金，但是住在洛杉磯的姊姊覺得我應該去她那邊上學，好有個照應。如果進了柏克萊，楊牧不單是我的老師也是我的學長了！

峰迴路轉，大概是一九八九年楊牧去洛杉磯演講，我們又見面了，而且聊了聊臺大外文系共同的朋友。此後三十年，我們有很多交往甚至共事的機會。我慶幸自己最欣賞的詩人也是一位可以無所不談的朋友。我慶幸我看到的楊牧不是粉絲和研究者眼中的「名詩人」、「大作家」，而是一個真實立體的人。

楊牧是一個愛憎分明卻寬容厚道，洞察世事卻依然天真的人。例如，他喜歡小孩，喜歡小孩的好奇心和不做作，不然也不會在六十三歲的時候寫出〈介殼蟲〉這樣的詩。一九七五年年底他模仿葉慈，也寫了一首〈在學童當中〉。他臺大外文系的學生雀躍地以為是寫他們的，但是他得意的說，其實不是！

楊牧喜歡女性，視她們為內在和外在「美」的化身。可能受到歐洲中世紀傳奇的影響，他傾向於將女性理想化。其實他可算是一個廣義的女性主義者，雖然我們曾就女性問題爭執過。

在他的詩裡幾乎沒有一個負面的女性意象。他為女性翻案，例如他對《白蛇傳》裡的白蛇的正面描寫；例如他改寫希臘神話裡的依凡妮（Evadne），賦予這位被邊緣化的女性以主體性。

楊牧喜歡讀書，人人皆知。他的小孫女有個美麗的名字：之芸。根據二〇一六年六月二十九日盈盈的電郵：「中文名字由阿公命名。他說：芸草是一種香料植物，可防／驅蟲啃書。芸臺即書房。芸窗是書房外的窗子種了芸草。總之，和書有關。突然一連，又說，可解釋成上圖書館。（希望孫女愛讀書，上圖書館）」「愛讀書」是詩人對人最高的讚美！

楊牧喜歡朋友。碰到投緣的人，縱使沒有深交的機會，他還是滿心喜悅。二〇〇二年九月德瑞克・沃克特（Derek Walcott）伉儷第一次到臺灣訪問，和楊牧、盈盈等一起吃飯，相談甚歡。楊牧表達自己的看法時總會客氣的說：「In my humble opinion……」（依敝人淺見……）。這樣說了兩次以後，只要他再開口，我們就合聲說：「In my humble opinion……」，然後包括他自己在內都哈哈大笑。從那以後，沃克特就用這個口頭禪來稱呼楊牧。日後我跟沃克特通電話，他還會問起那位「In my humble opinion」好嗎！

楊牧喜歡聊天。他時有「高見」，有時候一言中的，有時候令人錯愕。有一次在他家吃飯時，他忽然問我吃不吃苦瓜，我說吃啊，還挺喜歡的！他很得意的轉頭對盈盈說，你看吧，吃苦瓜的女生都是知識分子！真不知道其中邏輯為何？另一次，談到一位公認的「美人」，他總結道：「雅不可耐！」好友之間臧否人物在所難免，我永遠記得這句傳神的評語。

用現在的話說，楊牧是個很宅的人，中年以後尤其如此。醫生交代他要常散步。還住在西雅圖的時候，家居旁的高爾夫球場有一個美麗的人工湖，據他說走一圈就是一公里。當時聽了我覺得這樣很理想啊，每天都可以沿著湖走走。過了一陣子，我偶然問盈盈才知道他很少散步。回臺灣長住以後，更難得出門。

楊牧喜歡音樂。他的詩裡充滿了音樂的名詞、意象、典故，甚至結構。更重要的是，他的詩有一種奇妙動人又絕對現代的音樂性。楊牧喜歡西方古典音樂。每次在他家，背景總有飄揚的音符，給人一種寧謐的感覺。但是，第一次聽到當代美國作曲家菲利普．葛拉斯（Philip Glass）一九八九年的鋼琴獨奏曲《變形記》第二首時，他就著迷了。一九九四年他寫〈故事〉，重現了該曲複沓的結構，演示時光的流轉和記憶的盤旋。

楊牧曾說他不喜歡有些人——包括他的朋友——老說他運氣好。我想，如果要說運氣，只能說他天生聰慧敏銳。但是光是這樣遠遠不足以解釋楊牧的成就。他對詩的堅定信念，對詩藝的不輟追求和實驗，是他從少年時代就許下的自我承諾，具體地呈現在詩人對古典與現代以及中西文學傳統的創造性融鑄上，數十年不曾轉移。這才成就了一位獨一無二，卓越超群的詩人。在「他們在島嶼寫作」系列的《朝向一首詩的完成》影片中，我說，就深度和廣度來說，楊牧是現代漢詩史上最偉大的詩人。那不是客套或應景之言，而是我個人的學習心得。

多年前，一個幸運的機會，殷張蘭熙（一九二〇～二〇一七）女士約我去她家玩，然後我們去附近的咖啡館坐坐，不知不覺就聊了一下午。那天聽了好多陳年往事。除了殷女士的傳奇性生平，她也侃侃而談六十年代的詩壇。談到楊牧，她說：「葉珊是有脾氣的。」細節我已經不記得了，但是那句話和那類故事我聽過不只一次。我總覺得，一個人是該有脾氣的。太在意別人的觀感，希望每個人都喜歡自己讚美自己，這樣的人通常不會堅持原則挺身而出。但那不是楊牧。

楊牧是有名的「疑神」者，不喜歡任何體制化的宗教，可是宗教所啟發的聖像和藝術是深深打動他的。例如基督教的天使屢次出現在他的詩和散文裡，包括他最悲慟的幾句詩：

天使，倘若你不能以神聖光榮的心
體認這織錦綿密的文字是血，是淚
我懇求憐憫

——〈致天使〉（一九九三）

最後一次見到楊牧是去年（二〇一九）十二月十九日。我和外子光華帶著兩歲大的孫子洄洄去看他，在座的還有鄭毓瑜、王勝德伉儷和林文琪女士。盈盈永遠是最好的女主人，我們在溫馨的氣氛裡享用豐盛的晚餐。那天楊牧一如往常，坐在他常坐的沙發椅上，話不多，但是他的眼睛一直跟隨著沺沺，聽他說話，看他玩耍。有小孩在，楊牧是快樂的。

聽到楊牧仙逝的那天，我正在二度修改一篇論文，談古希臘羅馬在楊牧作品和詩論裡的意義。從早期的〈水仙〉和〈給雅典娜〉，到中期的〈味吉爾〉和〈平達耳作誦〉，到晚期的〈歲末觀但丁〉和〈希臘〉，還有他的散文和中英文文論，楊牧對希臘羅馬文學——尤其是詩和神話——的興趣從未改變。而且，如他自述所言，那些遠古的故事和人物早已成了他自我的一部分。他對希臘神話的念念不忘其實也是對年輕歲月的眷戀，縱使過去的我仍和現在的我「纏綿迎拒」不已。

重讀這些作品，審視數十年書寫的軌跡，我再一次體會楊牧思想系統的完整性和一貫性。在生活裡，楊牧縱或有凡人的瑕疵，但是在藝術的世界裡，他有一顆絕對純淨真摯的心。人生總有太多的缺憾，但是他的詩完美地建構了一座常綠的「松園」，一張燦爛的「星圖」，一則「完整的寓言」。

楊牧作品裡有許多西方經典的典故。近年詩裡的指涉頗有唐捐所說的「晚期書寫」的象徵意義：但丁的天堂，歌德的「一切的頂峰」，葉慈的拜占庭，希臘神話的奧林帕斯山。我以為，這些文學想像裡的一座座巔峰楊牧都已然抵達。在詩的永恆國度裡，他會見到他心儀的詩人，跟他們把酒論詩。除了上面幾位，還有濟慈、雪萊、莎士比亞、艾略特、庾信、陶淵明、杜甫、韓愈、李商隱……。他想必歡喜再見到他的詩友和學生，與他們開懷敘舊：覃子豪、紀弦、周夢蝶、商禽、楚戈、洛夫、吳潛誠、羅曼菲、曾珍珍……。他一定不會寂寞的。

曾經傲慢過敦厚過

羅智成

詩人

一九七五年，為了籌組詩社、辦活動，校園裡頭幾個比較在寫詩的人，終於比較頻繁地聚在一塊了。印象中除了我，還有外文系的楊澤、廖咸浩、中文系的苦苓、經濟系的詹宏志、方明、農經系的天洛等。

在推出詩專輯、辦座談會、朗誦會之外，我記得我們還辦過一次到福隆海水浴場的旅行，辦過跟政大長廊詩社的籃球比賽。但是這一年最盛大的事，應該是心儀已久的楊牧回臺大外文系擔任客座教授了！

已經是著名學者，並在西雅圖華盛頓大學任教多年的楊牧，我對他的最初印象跟得自他作品中的想像是有些距離的。他的作品精緻脫俗、遺世獨立，帶著深沉、厚重的情懷，感覺上會有一些風、一些光影從作者的身形舉止間透出來。但是實際的他更為具象，個性與身材都更為扎實。

那次是在他位於東門餃子館附近的臨時住所，我跟著他幾個興奮的學生一起去的。打完招呼，送上第一本詩集《畫冊》後，就跟大夥聊了起來。趁著談話的空檔，我一直忍不住好奇觀察著他。那一天他看起來神情愉快，主動發問、專心聆聽，洋溢著熱情與善意。我突然冒出一個念頭，覺得他有點像是在盛名之後躲著的一個大男孩，所以他的角色定位、言談舉止或者表達善意的方式，就像是一個「孩子王」，有一種飽經閱歷的自信、不耐世俗成規的不馴和照顧小老弟的義氣。一時之間，我們都陶醉於某種門派的氛圍裡。我們傾談詩與文學，一發不可遏止，他則不時起身，打開冰箱，再拿出幾瓶冰箱裡唯一的東西：啤酒。

出乎意料之外，他和學生們的互動始終相當緊密；讓學生帶著他到處探看，也讓學生進到他的生活，以至於給我一種感覺，比起跟其他成年人，他更喜歡和年輕人在一起。

我印象最深的一次，是在一個恍然若夢的午後，他找我們到淡水真理街的淡江中學。是他的弟弟在那邊教書嗎？我已記不清了！古蹟級紅磚校舍與洋樓守護下的安靜草坪與濃密樹蔭，把我們帶進一個遠離現實的理想生活情境，那時只有詩、只有學院或修院的遁世靜謐，只有浪漫莫名的憧憬、一些仍割捨不去的，遠方的失意。

其實在一九七五年之前，從高中時代開始，我對那時還叫葉珊的楊牧就已耳熟能詳，透過他許多令人驚豔、感奮的作品，像《傳說》、《非渡集》、《水之湄》等。志文版的《傳說》分量很重，影響很大。裡頭有好幾首作品流傳甚廣，讓我迄今記憶猶新。其中，〈延陵季子掛劍〉是那時最被文青傳頌的作品，我在各地詩會都聽到有人朗誦。

我總是聽到這山岡沉沉的怨恨……

通常朗讀者在唸出這一句話的時候，總是背對著觀眾，彷彿正專注於一段絢爛歸於平靜的過往，然後臺下的聽者很快被帶進詩裡的場景，那是一座鬱鬱森森的陵墓，周圍不遠則是衣冠隆盛、百家爭鳴的春秋時代。

楊牧在後來很長的一段時間，持續創作出許多經典級，甚至比這些更傑出的作品。但是最關鍵的是，你是在什麼時候、什麼年紀讀到它。所以觸動我最深的，往往是在年輕易感的時辰讀到的東西。

你我曾在烈日下枯坐——
一對瀕危的荷芰：那是北遊前

最令我悲傷的夏的脅迫
也是江南女子纖弱的歌聲啊
以針的微痛和線的縫合
令我寶劍出鞘
立下南旋贈與的承諾……
誰知北地胭脂，齊魯衣冠
誦詩三百竟使我變成
一介遲遲不返的儒者！

楊牧的作品一開始吸引我，是來自字裡行間翻湧卻不橫流的情感；曲折又精確的語法，始終耐心而精確地節制著它、引領著它。這種傾向於深思的謹慎節奏、遲遲不肯被文字確定下來的深奧訊息、展現出高標準的自我期許與心靈潔癖，非常切合年輕時孤芳自賞的我對於詩歌的想像。

外文系背景的他，還擁有幾乎是同時代詩人少有的，豐富的古典語彙。信手自《詩經》、《楚辭》、唐詩以及各式辭賦捻來的華美詞藻，閃著幽深的光芒，近似杜甫苦吟的美學，也自然而然鋪下日後某種厚實、內蘊學院風格的基礎。

《傳說》中還有一首組詩〈十二星象練習曲〉也讓我相當著迷，大量星座與愛欲的象徵和隱喻，建構出天體般開闊的浪漫情境，神祕、難解卻美如愛情的預言。這首組詩後來又加上另外十首，以〈天干地支〉為題，再現於《年輪》裡頭。

《年輪》是我年輕時期最喜歡的一部作品，任何一個對臺灣現代文學好奇的讀者都不應該忽略。它被歸於散文，但夾雜著許多詩行、各種詩般語法的文本、片斷，更像是以行雲流水般的意識流作為率性邏輯的複合式文體。它表達的是一個疏離又關注的異國青年，目擊一九七〇年代風起雲湧的美國嬉皮運動與反戰運動時，內心的千層波瀾與百感交集。充滿濃烈詩情的語言、豐盛的典故、鮮活的意象、深刻的洞察與若即若離的視角交織出一個深邃迷人的心靈。一如以往及日後許多作品，一些飽含象徵與暗示的晦澀情節穿插其中，吸引你進入，又拒絕你粗略的理解。呼之欲出的訊息在艱深美學中閃躲、洩漏、等待。

在一九七五年，使我們的關係更加緊密的，是他答應幫瘂弦為「聯合副刊」編選詩稿。不像一般編者迫不及待地尋找成名詩家大作以光篇幅，他率先鎖定的反而是我們這些摩拳擦掌、躊躇滿志的後生晚輩；許多年輕創作者就是那時在他慧眼之下，初嘗作品被刊登於大報的滋味。他能這樣不守成規，開創新局，一方面來自於對詩的自信，一方面來自開明的信念與鮮明的個性。多年以後，他返臺創立東華大學文學院，許多嶄新的作風與建設，也是承續這一貫的性格。

詩人來來去去，我們相處的時機漸漸減少，但是共同認識的友人愈多，情誼也日益深厚。他滿喜歡我的插畫風格，找我幫他的作品設計過不少封面。而我也每每在設計封面的同時，更新對他作品追蹤的進度。

而最讓我備覺溫暖的，是他對於我的詩創作的肯定與支持。其中有一次，我拿了〈問聃〉去參賽時報文學獎，他剛好是那一屆的決審委員。他非常喜歡〈問聃〉，對於其他評審的不理解始終耿耿於懷，多次告訴我：「一定要為它寫篇文章。」不久，遂有了《傾斜之書》（一九八二）的序——〈走向洛陽的路〉。

其實從事詠史或史詩的書寫，我多少是受到楊牧啟發的。他大概是當時詩壇較早以較大的篇幅、持續的創作來重現各種古代典故與文本而有顯著成就的詩人，除了〈延陵季子掛劍〉，還有格局更大的〈林沖夜奔〉、〈吳鳳〉，以及極具新意的〈妙玉坐禪〉、〈鄭玄寤夢〉等。幾年後，我到威斯康辛大學陌地生校區念書（這也是他建議我去的），在蕭索而優美無比的中西部山水中，由於對新環境還未融入，熟悉的舊環境卻已遠離，很自然的會把許多心思與想像寄託在圖書館的中國古代典籍裡，對於當初楊牧的寫作情境也多了一些體會。

在我從美國回臺不久，楊牧出版了《山風海雨》。就我而言，楊牧的花蓮書寫，是他創作生涯的第三個高峰（前面分別是古典新寫與北美書寫），這個巔峰最長，也讓許多離詩較遠的年輕讀者領略到楊牧文字的感染力。《山風海雨》是楊牧以自傳的形式書寫花蓮的第一部作品，像《年輪》一樣充滿了語言、意象與布局上的巧思與驚喜，但是在體例上更為一致、完整，在結構上更加縝密、有條理。在猶如全新出發之宣示的這本散文裡，楊牧把他的童年記憶、時代變遷下的臺灣歷史、美感意識的萌芽勃發和花蓮的人文景觀與大自然巧妙編織、縫合裁剪，以一個孩童的觀點娓娓訴說臺灣的壯麗與哀愁，為「奇萊三書」揭開傳奇的序幕。

在此之前之後，楊牧一直也都有許多以花蓮為主題的詩作。藉由花蓮書寫，他創造出臺灣心靈的新象徵，以東臺灣豐富的自然生態開啟了關於臺灣的新的意象庫。

二〇一四年趨勢科技基金會與國家圖書館共同舉辦了盛大的「向楊牧致敬」系列活動。老友陳怡蓁特別找我擔任特展的策展人。那時我們已有一段時間沒碰面了！詩人的步履緩慢，神情蒼老了許多，似乎也更沉默了。在聊天時，我依舊細心觀察著他，總覺得有一個比較憂傷的他坐在眼眸更後面的地方，有好多溫情與善意，卻找不到表達的力量。我真的太疏於問候了！老以為一九七五年的種種並不曾遠去，但是豐盛美好的記憶終究蒙蔽了我。

「和宇宙共鳴的詩心」是我為那次特展下的標題，我忘記說，在沒跟他說話時，我還是一直在仔細的觀察他，透過那些美得像星空、美得像翡翠、湖泊、針葉林的超凡作品。「和宇宙共鳴的詩心」就是我觀察的心得。

二〇一九年，我擔任「楊牧詩獎」的決審。那次的場合沒有看到他現身，我就更覺得他離我們越來越遠，離歷史越來越近了！但是因為他的詩作始終離我這麼的近，我從未預期到這個跟我們一起年輕過許久的前輩詩人，會這麼具體地離開。

這幾天，我夢見重新回到大學時代，但是認識的人都已走遠；我沉溺的時代跟當年友人們都已經成長、老去的時代錯開了！一切有如〈Dear R的白日夢〉，只有文學院的天井還在。

而這篇緬懷的短文，竟像是「掛劍」一個小小的回聲了。

呵呵儒者，儒者斷腕於你漸深的
墓林，此後非俠非儒
這寶劍的青光或將輝煌你我於
寂寞的秋夜
你死於懷人，我病為漁樵
那疲倦的划槳人就是

曾經傲慢過，敦厚過的我

——二〇二〇年四月，刊登於《印刻文學生活誌》

在飛魚奔火的夜晚

——紀念楊牧老師

廖咸浩

國立臺灣大學
外文系
特聘教授

「我可以抽支菸嗎？」這是第一次親睹楊牧老師（那時仍稱葉珊）在講臺上的風采時，他說的第一句話。當時老師正值青壯，而我還是一個高一的學生，這個場合是復興文藝營末代的高中組講堂。因為來營地所在的淡江文理學院（現在的淡江大學）之前，才看過一本象徵主義的詩論，腦中正縈繞著「純詩」這個纏念，當時除了「亞基奠的王子來到傾頹的古塔前」的例子讓我思之又思之外，西方詩中尚未看到更吸引我的例證。但我隱約覺得葉珊的詩似乎朝向了這個方向，因此見到他讓還是高中生的我甚為激動，彷彿那就是純詩乍現的一刻。

但當老師點起一支菸後，我關於詩的認知開始轉變。他具體說了些什麼已不太記得，但清楚記得的是，他霧中詩學的婉轉與他個性的率真形成了有趣的對比，讓我意識到也許那就是詩的可解與不可解，而詩或許就是如此的在純粹與不純粹間往復。多年後，我因對詩學略有窺探，早已不再囿於純詩的一家之說，但在淡江那堂課上感到初心獲得迴響的喜悅，及隨之對詩更多面的體驗，始終是日後面對詩時可以一再於時間的狹縫中瞥見白駒飛越的原因之一。

稱楊牧為老師是因為我們有真實的師生之緣。大三時老師來臺大客座，剛好教我這一屆的莎士比亞。當然因我當時心中時有旁騖，上課雖也有領悟，但是課後與老師喝酒聊天才是大學生活中的驚異時光。當時臺大現代詩社（時名「眾神詩社」）好不容易成立，我和其他社員如方明、楊澤、羅智成、詹宏志、天洛、苦苓等人便時時假借各種名義到老師的宿舍小聚。聊天時很隨興，老師常常提及各種文壇軼事，有時甚至自曝個人祕辛。最讓我覺得意外的是〈流螢〉的結尾據說原先在「有的打鐵，有的賣藥」之後，還有一句「有的……」，但經過考慮之後，決定捨棄。這隨口透露的祕辛對當時有些不耐琢磨與錘鍊的我有重大的啟發：顯然老師寫詩也不是只如行雲流水，止於所不可止。

在臺大念碩士班時，曾經在航空公司地勤工作過一年。最初在國內線，沒想到有一天竟遇到老師從松山回花蓮。我便一路送他到飛機旁邊。那天風大，這段短短的路程，也沒法聊很多，只說到我在臺大讀碩士。老師走上登機梯快到機門時，突然回過頭來說：「出國去念一個博士回來！」我看得出他臉上有一絲的憂慮，我知道他擔心我從此就會在這兒待下去。於是，我在機坪的強風中對著他大聲說：「老師，一定會的！」

之後我沒有辜負他的叮嚀，在史丹福念完博士。回國教了幾年書，又申請到哈佛做博士後，老師知道後立刻要我也到西雅圖華盛頓大學客座一學季。在華大那段時間，我也順便擔任起老師獨子小名的運動教練，每週三到老師家吃完午飯後，便開始下午的運動，先打棒球再打籃球。老師在旁心滿意足的看著兒子盡情的揮灑，對我又蹲又跳的賣力也不時投以讚許的眼光。那段時光我隱約有種是老師家人的特殊親近感。

幾年後受邀去文化局任職，深怕侯門過深耽誤百年盛事，而匆匆出了兩本書做為自己階段性的印記。較抒情的那本名為《迷蝶》，特地央請老師寫序，他不但慨允，寫作時更在細讀之後將我的文字與他的抒情，夾帶著他對我的期許，摹擬我書中的文氣流轉起伏，最後竟然連我自己都無法輕易分出作序者與被序者的不同存在。只因為他認為「馬倫巴，我們共同的隱喻」，於是，他便與我都走過了一段相同的路徑：「你走過提佛魯諾斯克街的鐘錶店後右轉，再往山坡上走一小段，在水晶飾品店前左轉，就到了切斯洛瓦斯基街，旅館是十七號。抵達時已經黃昏。」這是一條我虛構的路徑，如今他也走過，而且，「你已到了那裡，即將永遠失落自己。」他願意如此，是真心的寵愛學生了。

中間有若干年，與老師時時在藝文或學術場合見面。見到時他對我總是那麼寬容；他雖未必知道我做了什麼研究，或有什麼新的創作，但他總是無條件的認為學生的一切必然都好。有一次會議之後在南港一個裝潢平常、但食物鮮美的餐廳用餐，席間學姐奚密起鬨要我唱歌，因為她知道老師向來喜歡。那天我深覺如此忘懷相聚難得，而不知唱了幾首。其中有一首胡適原詩的〈祕魔崖月夜〉更是第一次公開的唱。老師在我唱後難得評論胡適這首詩還不錯，松痕與人影輝映得宜，並特別問是誰做的曲。我告以忘記了，下回再告訴他。我相信總會有下一回，雖然每一次看到老師都意識到他逐漸在衰老，但卻不願承認。或許因為我對他的意象，其實一直停留在我十六歲的夏天。心中不曾想過那告別與無歌的一天。

最後一次見他，是在慶祝他八十歲壽誕的研討會後的晚宴上。那時他已非常虛弱，也常深處在自己的思緒中，但一見到我，原來枯坐著的他，眼中即刻煥發出一種他以往常有的神采，並且還記得說：「廖咸浩歌唱得很好。」我隨後為他唱了〈教我如何不想他〉，特別表達這幾年來疏於探訪的歉疚。想著隔兩天一定要去看他。但未料那天已是告別的宴席。

幾年前趨勢基金會向楊牧致敬的朗誦會，安排我與女演員一起演出〈海岸七疊〉，排練幾次後，突然更深切的感受到似乎人世的一切的確在不斷重複之中變化。失去的與過去的都會從時間深處重新湧現，同時，屬於我與不屬於我的，也在這一刻合而為一——只要我們能努力揣想與摹擬，直到人我的界域泯滅消失。那次演出讓我在某些剎那瞥見了老師曾親睹的靈光。聽到老師驟逝的消息，我當下想起了他的時光命題。我想像幼時的他，在一個燥熱無風的下午，操切的蟬聲突然停止，他會如何面對如晶體般乍現的時光？那會不會早已是一切的峰頂？還是說關於時光這道命題，他在生命中最後的幾天仍在心中不斷的探測與航行？而是否又在半夢未醒之間，中斷於在將盡未盡的地方？

在西雅圖時老師曾帶我去一個華麗的大型超市，走著走著，他突然意有所指又似毫無所涉的說：「這就是太平盛世（？）」我因不知這是問題或陳述而回說，我們期待的太平盛世還很遠，甚至愈來愈遠。這世界只是日甚一日的粗糙、日甚一日的喧囂。我知道他所期待的盛世，必然與詩的脆弱與永恆有關，這當是他心中所最為牽掛。然舉世滔滔將說與誰聽？而且，「在那稀有的片刻……那最真實震撼孤獨的片刻，誰也找不到我。」然而，馬倫巴是我們共同的隱喻，下回，若我在夜半無人的海岸，突見飛魚奔火，我必然知道，那是您。

——二〇二〇年四月，刊登於《印刻文學生活誌》

《山風海雨》的楊牧

劉克襄

作家
財團法人
中央通訊社
董事長

近幾年，有空時都會問候楊牧老師。去年得到聯合文學大獎，楊牧老師也託師母來信道賀。秋天時，參加老師的八十大壽祝宴，彷彿才昨日般。突聞噩耗，什麼事都做不了。

千禧年初，曾以老師的經典散文《山風海雨》，追溯自己在東海岸的旅行。這篇在《中外文學》發表的作品長達一萬三千字，篇名〈新花蓮旅遊指南——一九四〇年代《山風海雨》的田野閱讀路線〉。

為了撰寫此文，有不少地方植物的考證，還特地討教了老師。容我引用其中一小段輕鬆的趣事，做為悼念之始：

那些甘蔗車都屬於糖廠。鐵皮車停在這裡讓蔗農把收成田地裡集中，等到夠滿的時候，就有火車頭嘟嘟冒煙從南向北駛來，慢慢將它們一部一部接起來，拖到田埔車站，又接大火車頭，向南開到糖廠去。

——楊牧〈水蚊〉，頁九三

田浦車站（旅遊地圖多半寫成「埔」字），一九一〇年營業，當時稱為荳蘭驛。一九三七年，詩人出生前三年，才改為田浦驛。一九四七年時，田浦驛有站員十名，宿舍四五間，無疑是花東線的大站。地廣人稀，為何站員需要如此之多，應該是和蔗糖、稻米之運送有絕對的關係。詩人孩提時觀看到的情景，更充分地見證了這個時代的活動產業。

如今在廢棄的車站和宿舍旁，還有一間深鎖的糧食局大倉庫和廢棄的日式辦公房舍，透露著運送稻米的歷史。此外，廢棄的車站對面，一座荒草埋沒的月臺，遠比一般之月臺寬廣，並非提供給旅客搭乘，那是讓運送甘蔗和稻米的貨車卸貨的地點。這種寬闊月臺，分布於花東線的許多小站，遠的不少，鄰近的志學、豐田也有，且更為清楚、具體。

在這些遺跡之處，我則積極地尋找著叫胡頹子的植物。阿美族稱它為「太奧魯」。早年田浦附近非常多這種植物，因而這裡地名也叫「太奧魯安」，漢人則譯作「荳蘭」。這是驛名由來。

荳蘭驛當時即有一阿美族村落，位於今日吉安鄉的仁里村。文獻上說，村子西南邊多胡頹子樹，結實如荳，可食。

更植物學的研判，阿眉族人吃的荳蘭，應該是臺灣平野常見的臺灣胡頹子。一種不高的灌木，葉子銀綠色，裡面銀背色，有點厚革質。荳蘭果實成熟時金紅色。過去，我在野外見過，也吃過一回。入口時，酸中略帶微澀。經過唾液咀嚼後，甘味漸出，有點像小時甘仔店吃的橄欖。除了在廢棄的糧倉和月臺，我特別到仁里村走訪。街坊巷弄間，公寓大樓林立，縱有草叢，多是常見之野草灌木，一棵也未尋獲。

我知道，早年阿美族孩童甚愛這種美味的零食，就不知詩人孩童時是否也摘食過。後來，掛電話再跟詩人求證。未料，詩人喃唸了一個日文或阿美族的名字，「沙魯哇咪」，還形容那有點不好吃的滋味，果然就是荳蘭。他還記得，這種植物很多，果實成串生長。小學時代，旅行到美崙溪發源地的砂婆礑時，一路都是在尋找這種野生植物的果實當零嘴。

我在荳蘭逗留時，想吃的還不止這種野生果實。很慚愧地，有時圖的竟只是為了滿足口腹之欲。荳蘭橋邊的臭豆腐小鋪，以及田浦車站的榕樹下，都是我旅行花東縱谷前經常拜訪的小吃店。有關於這二家小吃之美味，諸如脆皮臭豆腐、腸旺臭豆腐，以及豬血湯、乾麵，在拙作《迷路一天，在小鎮》，已經多所著墨，此處不多贅述。至於，早先將此地當成前往花東縱谷旅行的開始，日後竟與追尋詩人孩提時代旅行之路線不謀而合，雖是意外，或許也是冥冥中早就註定了。

我往往將車子就停放在當年田浦車站那棵鳳凰樹下。田浦車站十幾年前早被颱風吹走，但這棵鳳凰樹倒滿堅挺的，詩人當時就已綠樹成蔭，只是如今似乎清瘦許多。

我心目中的楊牧，是根植臺灣的文學巨樹

向陽

國立臺北
教育大學
臺灣文化研究所
教授

一

國立東華大學「楊牧文學研究中心」日前舉行揭牌儀式，我當天有事，未能前往花蓮參加盛會，向楊牧先生賀喜。事後看報導，知道當天儀式由楊牧親自揭牌，他致詞時表示：「自己一生研究別人，像是世界文學家但丁、杜斯妥也夫斯基、川端康成等，也研究花蓮的木瓜山、立霧溪，研究透澈又完整，然後為山、為水寫詩。沒想到有一天會成為被研究的對象。」看完不禁莞爾。

楊牧先生過謙了。一九四〇年出生於花蓮的他，一九五五年就讀花蓮中學高級部時，年方十五歲，就開始以筆名「葉珊」發表詩作；一九六〇年還是東海大學歷史系一年生，就已經由

藍星詩社出版了他的第一本詩集《水之湄》，並主編《東風雜誌》，當年九月轉入外文系就讀；一九六三年一月，大四下，再由藍星詩社出版第二本詩集《花季》；一九六六年，由文星書店出版《葉珊散文集》和第三本詩集《燈船》，受到讀書界的喜愛。

六十多年來他的創作生涯繁複多變，但從未間斷，詩與散文並茂，間及評論，都蔚為繁花，已超過五十餘種。他曾先後獲得吳三連獎、國家文藝獎、美國紐曼華語文學獎、馬來西亞花蹤文學獎及瑞典蟬獎之肯定。他的文學創作成就，早已是被研究的對象了。

文學創作成就之外，楊牧先生在學術與教育領域也頗有建樹。一九六四年他赴美就讀愛荷華大學詩創作班，兩年後取得藝術碩士學位，隨即進入加州柏克萊大學，受教於陳世驤，於一九七〇年以《詩經》研究取得比較文學博士學位，方過而立之年的他此後即在美國任教，長達三十年。

一九九五年他返臺協助東華大學成立人文社會科學院，次年擔任首任院長，引進全國首創的駐校作家制度，也開啟了東華大學旺盛的文學創作活力；二〇〇二年他受聘為中研院中國文哲研究所特聘研究員兼所長，四年後卸任。他的學術成就也備受肯定。

如果說楊牧先生還有什麼未獲應有的重視之處，那大概就是他致力於臺灣文學傳播的這一塊吧。一九七〇年，當臺灣的出版界還停滯於固有的文藝創作和翻譯小說出版模式之際，他和林衡哲醫師合作，為頗受臺灣讀書界喜愛的志文出版社編選「新潮叢書」，引領臺灣出版界重視文史哲新知識的新風潮。

一九七五年回國擔任臺大外文系客座教授一年，受「聯合副刊」主編馬各之託，為聯副主審現代詩來稿，拔擢戰後代青年詩人，大量刊登他們的詩作，為其後的臺灣現代詩發展栽培生力軍、帶來全新氣象。

一九七六年他與中學同學葉步榮、詩人瘂弦、生化學家沈燕士共同創辦洪範書店，為臺灣的文學出版帶來正向影響，與純文學、爾雅、九歌、大地等出版社被譽為「五小」，締造了一九八〇年代臺灣文學出版與閱讀的高峰紀錄。這一個部分，是歷來楊牧研究仍有不足之處，或許值得甫成立的「楊牧文學研究中心」和學界進一步探討吧。

⊙二

高中時期我就已是葉珊詩與散文的愛讀者，《水之湄》、《花季》、《燈船》和《葉珊散文集》，這些楊牧「葉珊階段」具有浪漫主義情懷的詩文，給了我美麗的想像和意象的啟發，也供我不斷琢磨自己不成熟作品的鏡照。至今我仍然記憶深刻的是他寫於一九六四年的這首〈給時間〉：

告訴我，甚麼叫遺忘
甚麼叫全然的遺忘——枯木鋪著
奄奄宇宙衰老的青苔
果子熟了，蒂落冥然的大地
在夏秋之交，爛在暗暗的陰影中
當雨季的蘊涵和紅豔
在一點掙脫的壓力下
突然化為塵土
當花香埋入叢草，如星殞
鐘乳石沉沉垂下，接住上升的石筍
又如一個陌生者的腳步
穿過紅漆的圓門，穿過細雨
在噴水池畔凝住

而凝成一百座虛無的雕像
它就是遺忘，在你我的
雙眉間踩出深谷
如沒有回音的山林
擁抱著一個原始的憂慮
告訴我，甚麼叫做記憶
如你曾在死亡的甜蜜中迷失自己
甚麼叫記憶——如你熄去一盞燈
把自己埋葬在永恆的黑暗裏

對年輕的習詩者來說，這首詩帶有迷人的、意象繽紛但又曖昧的魅力，半是因為它的意象，通過紛沓而至的象徵與譬喻，當時的葉珊以「枯木鋪著／奄奄宇宙衰老的青苔」和「果子熟了，蒂落冥然的大地」兩句譬喻甚麼是「全然的遺忘」；緊接著「化為塵土」、「花香埋入叢草，如星殞」到「一百座虛無的雕像」這一串繽紛的意象，都用來譬喻首句的「甚麼叫遺忘」。

詩的最後，則以「甚麼叫記憶」作為對照，譬喻記憶是「如你曾在死亡的甜蜜中迷失自己」、「如你熄去一盞燈／把自己埋葬在永恆的黑暗裏」——這些大抵來自生活中常見的自然意象，因為詩人的絕妙安排而再現了「時間」的可感。從死到生，從生到死，形成循環（或是「宇宙」），而「遺忘」和「記憶」也就一如死與生之難分難離。生生死死，分分合合，無始無終，所謂時間，此之謂也。

當時高中生的我並未能體會這麼多，但這首詩卻一直迴繞於腦海中，直到一九七五年我大二時開始認真於詩的創作時還難以忘懷這些句子。一九七五年是我嚴肅對待詩創作的第一年，開始向各個詩刊、副刊投稿。

這年八月，楊牧先生回臺，在臺大任教，但我並不知道聯副請他選詩，我將新寫的一首情詩〈或者燃起一盞燈〉投給聯副，很快就被發表了，並且將我的筆名以簽名式登在報上，這是對一個新人最大的鼓舞了。這首詩的關鍵詞「燃起一盞燈」，於今看來，應該是對〈給時間〉「熄去一盞燈」的化用吧，原來我早在潛移默化中接受了楊牧詩作。

楊牧為聯副選詩，有一個很明顯的傾向，或許是他回臺任教的關係，讓他接觸到一九五〇年代出生的戰後世代詩人，但更重要的是，他以詩人之眼，敏銳地看到了正在崛起的新世代的身影，儘管仍然稚嫩，他不吝於給予掌聲、不吝於伸出手來拉拔。

他選詩的一整年，聯合副刊出現了不少當時開始寫詩的校園詩人作品，如楊澤、羅智成、陳家帶、陳黎、陳義芝……，他的慧眼，果然助燃了戰後代詩人的創作的火花，一時之間，詩壇新銳大量在聯副登場。

楊牧的作法，無形中使得與他同世代的詩人作品無法順利、快速登出，他應該承受了不少抱怨才是；從詩史的角度看，其後後浪一般襲來的新世代，翻轉了以超現實主義為宗的前行代詩風，應該也與楊牧選詩的「推波助瀾」有相當重大的關聯。

多年之後，我在馬各寫的文章中，看到他請託楊牧幫忙決定刊登詩稿的回憶，才曉得當年聯副刊出的詩作，都先經由楊牧審閱，我在那一年中發表於聯副的詩作，原來他就是第一個讀者，也是第一個裁判員啊。

再時隔多年，約莫是楊牧回到東華大學任教之後，有一天我到他臺北住家訪他，談到一九七五年舊事，他很興奮地說：「向陽，我還有當年剪報，等我一下。」接著回書房拿出一本剪貼簿，貼的不是他的詩，而是當年經他篩選，刊登於聯副的戰後代詩人的作品。

他眼中發亮，一一指點剪貼簿上的作品，「這是楊澤的、這是羅智成的……這是你的……」。時序已進入二十一世紀的那個午後，我眼前坐著的，恍惚就是三十年前揀選詩稿的楊牧。

⊙三

一九七五年的楊牧，三十五歲，英姿風發，創作力豐盛，深受大學校園詩人仰慕，在這之前，他已推出的詩集《傳說》（一九七一）、評論集《傳統的與現代的》（一九七四）；在這之後，他一連出版詩集《瓶中稿》（一九七五）、散文集《年輪》（一九七六）、散文集《柏克萊精神》（一九七七）、詩集《北斗行》（一九七八），結集第一階段創作的《楊牧詩集（一九五六～一九七四）》（一九七八），以及詩集《禁忌的遊戲》（一九八〇）、《海岸七疊》（一九八〇）均備受喜愛。

他順利地從筆名「葉珊」更易為「楊牧」，成功地從一個浪漫主義者轉型為具有古典與現代相融、抒情與批判並存的詩人，而無違和之感。他寫的詩，如〈十二星象練習曲〉、〈讓風朗誦〉、〈瓶中稿〉、〈林沖夜奔〉、〈孤獨〉、〈熱蘭遮城〉、〈帶你回花蓮〉、〈有人問我公理和正義的問題〉等，更是傳誦至今，已成經典。

一九八二年我主持的《陽光小集》詩雜誌發信給四十四位戰後代青年詩人，票選心目中的十大詩人，四十二歲的楊牧在二十八張有效票中得二十三票，僅次於余光中（二十六票）、白萩（二十四票），十大詩人上榜者也以他最年輕。就細項看，他的詩作，結構和語言駕馭兩項都高占鰲頭，意象塑造僅次於洛夫，音樂性僅次於余光中，影響力也僅次於余光中。這個票選活動只是參考值，無關於楊牧詩藝，但已可見出他在戰後代詩人心目中的重要性和高度影響力。

由於楊牧先生長年在美國任教，我真正和他見到面，應該是他於一九八三年再度返國，在臺大外文系擔任客座教授之時。在我模糊的記憶中，他相當寡言，似乎不易親近，多次見面後就不再有這種感覺，儘管談話無多，他對後輩如我的關懷仍可從眼神中看到。他鼓勵我要持續寫詩，對我大學年代發表在聯副的詩還記得，也問我臺語詩是否繼續在寫？

一九八四年七月，我將從一九七四年開始創作的十行詩輯為《十行集》，由九歌出版，拿到書，就寄了一本給楊牧先生，很快地收到他的回信：

> 承賜十行集大作，已拜收。大作中詩多已在刊物中讀過，於吾兄追求風格之功力成就，至為欽佩，今得藏全部，不勝欣喜之至也。弟在臺工作即將結束，不日赴美，如離去前未能謀聚，日後吾兄可來美，盼來舍下一遊。

這信寫得太客氣了，字裡行間的關愛則讓我感動。我的十行詩，最早的一首有意識的書寫是〈小站十行〉，寫於一九七六年三月，獲刊於同年七月三十一日聯合副刊，正是楊牧先生為聯副選詩之時，十行詩的被採用，堅定了我朝向新格律之路的試驗，方才有這本《十行集》的付梓。我以虔敬之心寄呈詩集，意在表達對前輩提拔後進的感謝罷了。

信末提到如赴美可到「舍下一遊」一事，以我當時在報社的工作，則不敢癡想。沒想到接信第二年，我接獲聶華苓女士來信，邀請我前往愛荷華大學參加「國際寫作計畫」而成行。我與小說家楊青矗於一九八五年八月底同行，在愛荷華這曾是楊牧修碩士階段的母校生活了三個月，聊天時，聶華苓大姊偶會笑談當年楊牧在此求學的點滴，倍感親切。

結束邀訪計畫之後，回國途中，我和青矗兄安排了美西之旅，其中一站到西雅圖，夜宿時在華盛頓大學修讀博士的陳芳明家中，次日前往華盛頓大學為臺灣同學會演講。

講後，芳明兄問我要不去看楊牧？我當然欣喜答應，於是在他帶領下，與方梓一起進入楊牧先生的研究室。楊牧先生看到我們前來，相當驚喜，我們聊了一些臺灣時局的事，敘舊之後，他要我稍等，隨即站起來，從書架中拿出一本蘇格蘭傳教士杜嘉德（Carstairs Douglas）編於一八七三年的《廈門音漢英大辭典》（*Chinese-English Dictionary of Vernacular of Spoken Language of Amoy*），表情慎重地對我說：「你寫臺語詩，這本辭典或許用得到，送給你。」

三十多年過去，我一直記得當天在研究室的這幅畫面。這本書是研究廈門音閩南語必備的辭典，甚為厚重，我從楊牧先生手上拿下厚禮，竟啞口不知如何謝他，只是頻頻點頭。出國前，報社為我出版的臺語詩集《土地的歌》，來美前雖帶了幾本，到西雅圖已經沒書了，也無以還贈，就這樣匆匆告辭。

回臺的飛機上，想起出道以來楊牧先生對我在詩的道路上的指引、提攜，都以不著痕跡的方式出之，十行詩如是，連我孤獨嘗試的臺語詩也如是，機窗外浮雲落日，竟有天地至美之感。

一九九八年吧，有一天我接到洪範書店葉步榮兄來電，說洪範希望出版我的詩選，讓我大感意外，細問之下，才知這是楊牧先生提議、交代的。洪範書店並不輕易為詩人出版詩選，我的詩能獲洪範垂青，讓我倍感喜悅，因此更不敢造次，直到次年才將書稿交出，由洪範於九月出版了《向陽詩選》，封面使用我自刻的版畫〈平埔母子〉，書封摺頁的內容簡介則出於楊牧先生之手：

> 詩人向陽以融合傳統與鄉土，兼現代感知和寫實，自闢蹊徑，蔚成風格。本書為向陽二十餘年詩創作之選萃，由詩人自訂，收已出七種詩集之精華及近期新作。向陽詩藝繁複多姿，其情采、聲韻，均有可觀；讀其詩，最能感受一特定時代中，才具、有情的知識分子如何感慨、批判，繼之以文學心靈之認知與提昇。

楊牧先生如此一路厚愛拔擢，真讓我感銘於心。

⊙四

一九九九年三月，「聯合副刊」評選「臺灣文學經典三十」公布，在入選的三十本經典中，楊牧橫跨散文與新詩兩文類，有兩書入選，一是散文集《搜索者》，一是詩集《傳說》。儘管這個活動在當時曾經引起爭議，但楊牧的詩和散文並茂的成就則屬公論。

活動後，聯副為三十本書舉辦「臺灣文學經典研討會」，陳義芝兄囑我為《傳說》撰寫論文，我以〈樹的真實：論楊牧（葉珊）《傳說》〉為題寫了近萬字，在細看年輕時閱讀的時集《傳說》之後，從符號學的取徑切入，發現年輕時以為至柔美、至浪漫的楊牧的詩，連同他的散文，其實別有深沉的寓意，我在文末這樣說：

> 楊牧喜於用樹自喻，一如他的擅長採取寓言和比喻，前者寄寓幽情，後者喻依天地景象。他的詩，和他的散文，交錯的紋理中，透露了他的生命和認同的聲音，也顯應著他來自的土地和歷史的色澤。身為一個寫詩的人，我在展讀葉珊時期的《傳說》的過程中，先是看到一棵無以名之的樹，帶著甜美的隱晦，「一排鐘聲／童年似地傳來」；繼而發現這樹，枝葉井然、自然，根植在臺灣的大地上，絕無半點隱瞞。

沒錯，對照一九八六年之後他出版的詩、文集，如詩集《有人》（一九八六）、《完整的寓言》（一九九一）、《時光命題》（一九九七）、《涉事》（二〇〇一）、《介殼蟲》（二〇〇六）、《長短歌行》，特別是他的自傳散文集《奇萊前書》（二〇〇三）和《奇萊後書》（二〇〇九），其中透露的，不就是他一以貫之的「生命和認同的聲音」？顯映的，不就是他所來自的「土地和歷史的色澤」嗎？

我心目中的楊牧，是根植臺灣的文學巨樹。

——二〇一九年一月一日，刊登於《文訊》三九九期，頁一三一～一三七

二〇二〇年三月十三日，刊登於聯合新聞網鳴人堂

二〇二〇年四月，收入《寫真年代：台灣作家手稿故事 參》

（臺北：九歌），頁一七七～一九〇

楊牧與我們這群華盛頓大學學生

邱貴芬

國立中興大學
臺灣文學與
跨國文化研究所
特聘教授

我在一九八〇年代中葉赴西雅圖華盛頓大學比較文學系攻讀博士學位時，楊牧老師家經常熱鬧非凡，是我們在比較文學系和東亞系就讀的臺灣留學生最愛逗留的「家」。當時，我的學長吳潛誠和學姐曾珍珍都還是博士生，江翠芬和陳豔姜是我前後屆的同學。楊牧老師在東亞系開詩經課，他們都跟著楊牧老師讀詩經楚辭。而當時我因臺灣意識方在萌芽階段，認為中國古典文學與臺灣沒甚麼關係，加上我本身正熱衷鑽研小說這個文類的研究方法，竟錯過了親身體驗楊牧文學奧妙的機會。這個楊牧學所涉及的漢文（古典）文學與臺灣文學的關係的課題，如影隨形跟隨我近三十年，一直到二〇一九年我撰述一篇學術論文時，我才得有機會抒發己見，並透過楊牧創作的理念與實踐來釐清箇中糾結。這篇論文在二〇二〇年一月正式出版刊登於《臺灣文學學報》，我還來不及與楊牧老師和師母分享，老師卻於三月十三日辭世……

楊牧博學多聞，中西合璧，其文學隱喻用典甚多，遊藝於世界文學之空間，讀者若非有相當的文學視野，難以進入其文學殿堂。曾珍珍跟隨楊牧學習多年，深知楊牧文學養成，也因此她解讀楊牧詩作，頗為入味。以楊牧被視為「花蓮文學」和「地誌詩」代表的〈俯視——立霧溪一九八三〉為例（http://faculty.ndhu.edu.tw/~chenli/jane.htm）：珍珍指出這首詩寫於一九八三年，楊牧重遊故鄉花蓮立霧溪，有妻子夏盈盈和小兒王常名同行，家庭的幸福反映於文字之間，成就了此詩「對於生命原初的禮讚」。珍珍一一指出此詩中，楊牧與謝靈運、《易經》、《道德經》、屈原《離騷》，以及英國浪漫時期詩人華茲華斯的對話，最後，她如此結論：「在〈俯視〉中，楊牧以習自古典的神話構思再現原初，實現追越古典的企圖，象徵性地為自己與臺灣現代詩壇奪得了先聲，挑戰了大陸文學的中心地位。」能夠如此出入楊牧內心與文學的世界，析論其間的幽微，恐怕也只有珍珍，因為只有她在那樣得天獨厚的時空裡與當時的楊牧相逢。

除了珍珍之外，還有我亦師亦友的學長吳潛誠，也與楊牧老師在花蓮共創東華大學一九九〇年代的一番盛景。吳潛誠早我一年去華大比較文學系，我和我先生於一九八四年到西雅圖後，與他比鄰而居，我們常常午夜看完電影回家時，見到他獨自在月光下思索不知何事。而我至今猶記得當時西雅圖的天空不是星光燦爛，就是高掛著一輪明月，外國的月亮真的特別大！月下孤獨的學長吳潛誠的身影，是我西雅圖記憶的一幅景象。草創時期的東華大學延攬楊牧擔任人文社會科學院院長，吳潛誠擔任英美語文學系主任並在該系設立文學創作所，加上先後報到的曾珍珍、李永平、郭強生、須文蔚、郝譽翔，乃至吳明益，一時之間東華大學人文薈萃，文風鼎盛，許多年輕作家慕名前來就讀，並經常囊括當時臺灣各大文學獎的獎項。在楊牧的號召下，東華大學獨樹一幟地實踐了現在我們許多大學停留在口號階段的「人文校園」，一個絕無僅有的臺灣文學作家培育空間於焉誕生於花蓮。唯獨楊牧老師有那樣令人仰慕而期望與之共學的吸引力。

吳潛誠和珍珍一再希望我到東華與他們一起耕耘臺灣文學，然我家庭在臺中，雖嚮往他們在東海岸的開天闢地，每次去到東華也總羨慕花蓮視野遼闊，好山好水，卻也總是來去匆匆，終究無緣在東華得天獨厚的山水中學習楊牧老師文學視野之一二。吳潛誠在一九九九年過世之後，遺憾的情緒無得排遣，我以另一種方式來連結他們的願景。二〇一四年獲楊牧老師同意，建置「楊牧數位主題館」（http://yang-mu.blogspot.com/），這是我之後所做的近十個臺灣作家數位主題館的先鋒，隨後請楊牧老師命名的「臺灣文學大典」也開始建置。這些希望能作為臺灣文學作家珍貴檔案和全球傳播管道的數位計畫，雖然因為我卸任行政主管之後，暫無相關經費進行後續更新，但是今年我已將這些網站從興大人社中心移至臺文所，我相信這些寶貴的文化資產在中興臺文所會找到永續發展的契機。最近，我念茲在茲的楊牧詩數位註解，終於獲得利文祺和詩人唐捐首肯無償義務幫忙，初步階段希望在今年完成十首詩，未來若放在楊牧書房網站上，應可透過網路發揮楊牧學的全球效應。

我和吳潛誠、曾珍珍從外文系跨足到臺灣文學，以臺灣文學為一生的志業，這一路走來，我才發現我們這群華大生無形中竟以各自的方式傳承了楊牧老師那無可名狀的浪漫與堅持，以及對於臺灣文學深切的期待。我們之後，必然還有來者。

——二〇二〇年三月二十七日，於臺中植物園
二〇二〇年六月二十三日，修訂

悲傷快樂而遙遠
——懷念楊牧老師

鄭毓瑜

國立臺灣大學
講座教授
中央研究院
院士

真正見到楊牧老師，是一九九九年，在西雅圖華盛頓大學進修的時期。那時候對於老師的印象還停留在《葉珊散文集》，追求美與永恆的葉珊與濟慈幾乎合體，很難想像眼前就是我一讀再讀的《陳世驤文存》（一九七二年）的編者，以及《陸機文賦校釋》（一九八五年）的作者。第一次的會面，異常緊張，只記得忽然唸出：「孤獨是一匹衰老的獸，潛伏在我亂石磊磊的心裏……」然後，我們談起了阮籍與六朝。

二〇〇〇年後，有更多機會見面說話，一起聽老師喜愛的歌劇或古典樂，討論新近出版的書篇，談新聞事件，或學界相熟的友人。在評斷人事上，老師有嚴謹的界線，不輕易出言，也不能忍受越界的言行，但是在回憶往事的時候，則常常有真摯幽默的一面。有一次提起當年吳潛誠想讓學生用臺語演莎士比亞戲劇，老師還斟酌了「莎士比亞」的臺語發音。回憶起大學時期，最不喜歡上體育課，有一回體育老師要學生自己去量測跑百米的時間，楊牧隨意報了一個數字，體育老師瞪大眼睛說：「你突破世界紀錄了！」然而，更多時候，我其實是在聽楊牧老師說故事，那些我沒來得及參與的歲月，以及後來又後來的想法。

印象中，最長的兩次談話是在電話線上。大約是二〇〇〇年底，我將關於少年英雄夏完淳〈大哀賦〉的一篇文稿，送請老師指正，那是我注意到明清之際辭賦作品的第一篇。辭賦本來就典實繁複，加上明清之際世局倥偬，在查找比對上的確費了一番功夫，但是一邊寫一邊就愈發想知道，文學傳統到底如何對應亂局，歷經時代起落，知識分子究竟如何化用傳統文學，成為自我見證的言說。電話裡，老師的聲音比平日高昂一些，除了陳子龍、夏完淳，老師一口氣提起倪元璐、劉宗周、黃道周、黃宗羲、王夫之等等，彷彿此起彼落，微渺卻又相續的星火。直到二〇〇一年入夏，在老師《隱喻與實現》新書中，讀到〈詩與抵抗〉，其中細數甲申之後二十年，那些超越榮辱的時賢與詩，於是懂得電話裡流露的是無限緬懷與歎惋，還有未完的寄託，在張煌言、鄭成功北征失敗後，〈詩與抵抗〉的最後一句，是「以孔孟之道教養，移化日本於德川時代達二百年的朱舜水」。

二〇〇一年十月左右，再次於電話上談的正是我已經投稿的朱舜水〈遊後樂園賦〉研究。這篇文章，是我對於遺民、貳臣、烈士、志士的持續思索，尤其是討論自我認同與價值評斷，如何因時空流轉，在寄居異邦期間，獲得重新思考的機會。電話那頭，老師忽然悠悠提起蕭公權先生、李方桂先生，早先都曾任教於西雅圖華盛頓大學，都在一九四九之後居留異國作育人才，對於文化志業而言，原不應有政治性的國界區別。也許是朱舜水的緣故，老師的語氣裡觸及一九四九以後，兩岸知識分子在身分、去留抉擇上的無奈，以及無時不在的重重顧慮。

處身於太平洋兩岸，以及不同語言、歷史與作品的交錯地帶，楊牧研究希臘羅馬文學、詩經、楚辭、唐詩、浪漫主義、近現代文學、臺灣詩學，寫新詩、散文與評論，更想像自己如同航向未知的遠洋船員，或是放眼無盡蒼鬱的森林守門人，看破一切人為的虛假的界線；但是，楊牧也說「安那其不是天生就安那其的」（〈大虛構時代〉），他必須經歷過種種現實與精神上的衝擊，目睹政權的驕恣與腐敗，然後決定「不」選擇。這時候所謂「家國之思」，不再侷限於單一政權、國族或地域，反而是未預設立場的普遍追索。生長於二戰結束前後，一個多語族、政權更迭、轟炸與歧見並存的時代，層層的禁令，反而讓詩人看到自己，也看到他人；「詩並非絕對」，他決心讓所有的抒情與書寫，回到一個不熱衷、不好奇，而開放思索、衡量的「完整的空虛」（〈那一個年代〉）。

這讓楊牧更關注人事多音複調的脈絡，以及文字語彙於古今的意義相生，幾乎是以嚴謹的學術關懷，與新文學創作相互引生。比如〈武宿夜組曲〉（一九六九年），「武宿夜」為武王伐紂前夕，軍士舞樂的曲名，並引用《尚書》〈泰誓（上）〉「一月戊午，師渡孟津」自成首段，以史筆的冷漠，強烈對比後兩段，在這場聖戰中，受傷戰士與孀寡棄婦的懦弱哭泣。如果不是熟諳典故，不可能有如此同情的想像。出身外文系的楊牧，師從徐復觀、陳世驤先生，優游於中／西經典與理論，也錘鍊各種文本細讀的方法，在柏克萊就學時，甚至還選修卜弼德先生（Peter A. Boodberg）的「訓詁」學，疏證偽古文《尚書》〈武成〉篇，雖然只針對開篇一小段，竟然就寫了四十餘頁的報告，可見楊牧身懷傳統的小學素養。學術論文中，如〈論一種英雄主義〉、〈周文史詩〉，都是著名的例子。楊牧認為《詩經》大雅中〈生民〉、〈公劉〉、〈綿〉、〈皇矣〉、〈大明〉五篇，正是周王朝建立過程的一組「史詩」，從考辨史料，追索字源，到提示隱喻，楊牧從容演繹出一個天命與人德相互接近的重要時刻。尤其是〈大明〉篇，最後一段描繪牧野之戰，本來車馬喧騰，蓄勢待發，卻以「會朝清明」一句，一個破曉的象徵，戛然而止。楊牧於註解中特別提到，關於這場武王伐紂，「血腥的戰爭場面在〈武成〉中多有涉及」，但是〈大明〉「不見任何恐怖汙染」；當年訓解〈武成〉的功夫，成為反問的起點，進而，楊牧自創「The Weniad」一詞，發現了抑武尚文、具有憂患意識的另一種英雄主義，也確立中國「史詩」的開端，正在於人文精神躍動的周初。

楊牧認為中國文學批評往往是為表達個人的品味與知識，或者發現一種新的「人生哲學」，而並非為了講解或定義。探討《詩經》中的憂患意識以及人文精神，無疑是向徐先生的人格與風範致敬。而一九六六年以英文撰寫的〈詩經國風的草木〉是陳世驤先生「先秦文學」的課堂報告，其中考察詩篇的音韻、詩旨、格律、主題，甚至地理因素，面面俱足，一九七〇年開始撰寫博士論文 *The Bell and the Drum:* Shih ching *as Formulaic Poetry in an Oral Tradition*，以古代中國口傳文學與古希臘以及古英文史詩相比較，尤其注意《詩經》中的一些作品，是如何透過套語主題的意象類比，來構成主題相互詮釋的效力，也可以說，是因為這個「聯想的全體性」（totality of association）讓所有利用類比意象的詩作，找到共感的、可體驗的意義。透過如此縝密的還原功夫，如此的理論實驗與證驗，楊牧不再以古典為「舊」文學，他說「直到遇見陳先生，我才了悟三千年前的詩騷箴言也都永恆地『其命維新』」（〈柏克萊〉）。

陳世驤於於一九七一年美國AAS年會發表了著名的〈On Chinese Lyrical Tradition〉，凸顯中國文學中著重自我傾吐的辭句和音響，同時立足於比較文學的角度，認為抒情詩或史詩戲劇這中／西兩大傳統，彼此互動與親近的現象，時時在發生中。這種普世的立場，與前一年楊牧與林衡哲開始主編「新潮叢書」的初衷，有相應之處：

> 對於上一代的某些人，所謂「新潮」曾經是「西潮」，曾經等於是驟然湧來的狂浪，

拍打著東方古國的陸地；對於我們說來，「新潮」並不完全如此意味。這個時代的文化是彼此撞擊互相建設的文化。我們肯定新生的廣義的中國文明。（〈新潮弁言〉）

陳世驤於一九七一年一月為《夏濟安選集》（新潮叢書之六）作序，還引用了這段話，對「新潮叢書」的編印，多所期許。如果我們以這樣的「新潮」觀點，重新看待「抒情傳統」，那麼這個在臺灣深耕近半世紀的文學研究領域，就不再是用哪個朝代、哪個文體、哪個國族可以區分，反而是在綿延的形成中，向外打開，去開拓、借鑑，同時自覺的要求與批判，並嚮往一種長期激盪與中和的新文明。

一九七一年五月，陳世驤先生驟然離世，楊牧回憶第一次去柏克萊與陳先生見面的情景，覺得「悲傷快樂而遙遠」。將近半世紀之後，楊牧老師乘「雲舟」遠去，我們重新體驗了這句話所意味的，生命中那些偶然與必然的交錯，人與時間的相互周旋。但是，楊牧說「我想我對時間之為物並無必須的恐懼感」，因為：

通過時間，穿越那暗晦，不定，破碎，將所有短暫的意氣和靜默掇拾，縫在一起，並且再現我們曾經的英勇和憂鬱，使之長久，長久存在於一不斷生生的結構（而不僅祇為固定的

文本）的，惟詩而已。（《楊牧詩集II》自序）

「惟詩而已」，一個質樸的信仰，一種永恆的實踐，我懷念詩人與詩學家楊牧，以及二十年間，透過書寫言說，曾經帶給我的歡喜、苦思與啟示。

——二〇二〇年三月二十七日

四分溪畔的窗子

胡曉真

中央研究院
中國文哲研究所
研究員兼所長

過去數年以來，因承乏所務，我使用的公務辦公室位在中研院文哲所二樓的長廊底端，這裡從上世紀九十年代後期以來，都是文哲所的所長室。多數這類公務辦公室的格局都是劃分內外，外間接待賓客，內間主人使用。文哲所的所長室卻不然。這間屋子開敞通亮，並不隔間，軒窗連綿，一眼收盡景色。近日隨著中研院的發展，窗外之景不免多了建築物，添了汽車聲，但當年並不如此。那時這窗外只見得天空下一座平緩可親的小丘，一條醜拙有餘的四分溪，兩者之間夾著一片田地。田裡不缺一棟普通農舍，四時有人耕種。一條，或是二條做黃黑之色的小狗成日家在田畦上亂跑。時不時一抬頭，能見白鷺鷥成群地來，有些便隻腳棲在田上。若眼光再放遠些，運氣好一些，眼角掠過的還會有老鷹這類猛禽呢。

我說的「那時」，是將近二十年前的二〇〇二年。文哲所剛剛走過十數年的籌備處階段，正式成所。研究人員以青壯輩為多，就算資深人員也尚在中年，整體而言是一個少壯的單位。此時，傳來楊牧老師將前來擔任第一任所長的消息。在同事的小小圈子裡，因著「楊牧」這個名字，起了騷動的漣漪，興奮、好奇與期待的耳語傳遞著。也因為在此之前楊牧老師未曾在文哲所任職過，同事間不免有些緊張的情緒。我已不記得楊牧老師以所長身分與我們第一次會面的情形，倒是記得他一再告訴大家，沒事就去他辦公室聊天。辦公室的門永遠為同事而開，這是他向來的習慣，他說。不久之後，楊牧老師就把所長室做了動作雖小但意味深長的改變。他不願使用屋子中央的呆板僵硬的公家制式辦公桌，轉過身去，面向有景的窗，在窗下思考、寫作。橫截辦公室為兩進的是一道隔間，令人拆去了，於是有了這個清朗敞亮的空間。這是對美的追求，也是公開性的一種宣示，我在若干年後有了體會。

然而研究機構與師生融融的大學不同，我們除了午休時間或許有幾個人聚在一處用餐，多半時間習慣在自家研究室獨處。楊牧老師那「沒事就來聊天」的邀請，怕多是落空了。那間開敞的所長室，雖然有面著景色的長處，但冬日極為清冷，若少人走動，自然更有點寂寞襲人的況味。那時楊牧老師在窗下搖著他的西華鋼筆的畫面（我的想像），今天想來，仍是又有些親切，又有些高冷的。這遠非楊牧老師所願，可能也是他在文哲所任內最感遺憾的。正因為他無法實現所長室作為文學沙龍的理想，我們反倒多了許多口福，常有陪老師聚餐的機會，也有好幾次在中研院宿舍，接受老師與盈盈師母的招待。席上談笑的盛景，應當是不少文哲所同事至今記憶猶新，仍可津津樂道的。楊牧老師的酒量，那是不必說的了，一次也不例外地讓我們驚嘆，且有一種特別令人親近的丰姿，使我們這些小朋友也任意恣縱，放言高論。那時楊牧老師是否曾與我們討論古典文學與臺灣當代文學？肯定有的。但既有許多文字論述留給我們，這也不那麼重要了。反倒是「泰國菜就是做壞了的中國菜」這類政治不甚正確的「金句」，一時讓滿座絕倒的，牢牢地抓住了記憶。

楊牧老師擔任文哲所所長，自言最重要的事，便是讓同仁有自由、安心的空間做研究。對一個尚稱少壯的所來說，所長確實有這樣的責任。有一次楊牧老師主持所務會議，我在發言時先自道：「像我們這些比較年輕的同仁……」，老師笑著打斷我，提醒我說：「別說得太早，沒多久你也會變成資深同仁了，快得你無法想像！」當時坐在附近的同事，可能還記得我的反應，竟然是大聲跟他說：「我不要！」癡哉，斯言！大約是楊牧老師真的讓我們有被保護的感覺，所以我會無顧忌地說這樣的傻話。自楊牧老師任期結束，卸下文哲所所長職務以來，十多年過去了，整個文哲所的研究人員平均年齡也到了五十歲以上，不再像當年老師眼裡所看到的，都是些新鮮活潑的年輕朋友。近二、三年見到楊牧老師的機會並不很多，見到時也總是心下一緊，畢竟我心目中的楊牧印象停留在文哲所任內的形貌氣象啊。不自知自己如老師所點出的，已是文哲所資深同仁，又怎麼接受老師病後初癒尚未恢復的身影呢。

文哲所自設立籌備處以來已三十年，楊牧老師是我們正式成所後的第一任所長，時間雖只有三年，但自有重要的意義。提筆為此文之前，我來到老師以前常坐的窗下，學他望著窗外。小丘前的田地早就不在，取代的是一座溫室建築。白鷺鷥已經絕跡，久不來了。但是，窗下文哲所建築邊上的草地，經多年浸潤養護，長成一片美麗的綠茵，我們在上面鋪了一些小石，蜿蜒為一條可踏上的小道，可以徘徊其上，想想那些想不通的問題，或者試著什麼都不想。窗外的樹，也長得老高了。耐心去看，能找到鳥兒築的巢，每當有黑影閃動，我們知道必是大鳥的翅膀掠過。楊牧老師，這是您曾喜愛的思考與寫作的地方，您曾在此完成作品，曾在此與我們同遊，就讓我們永遠記得這個文學的景色吧。

輯三・東之皇華

一
疑似的雨滴落森林無聲息
顏色何等陰寒，足以抗拒
所有陌生和偽贋，和虛無
且將舊日的悽惶包容有餘
眼睛在陵谷丘壑
和閑逸渡口間搜索些甚麼：
不能解識的形象如此分明，勢必
他稀落的靈魂如煙霧，邈莫無情

楊牧〈子夜徒歌〉部分手稿。

雖然一切莫非地上的塵，空中的風

賴芳伶

國立東華大學
中國語文學系
榮譽教授

三月十三日星期五，楊牧老師走了。這次他和盈盈不是回西雅圖的家。以往我們幾個朋友會說，等九月欒樹開花時再聚啊。盈盈總是笑著說會的會的。近二十年來，我們幾乎年年相聚，有時在花蓮，有時在臺北他們雅致溫馨的家，當時黑皮也在。有一回在敦化南路的家，盈盈很高興說著好玩的事，一不留神打翻一盤熱騰騰的八寶糕，在大家的尖叫聲中，盈盈從光潔的地板上救起八寶糕，亮著美麗的眼睛說沒關係吧。當然當然，我們異口同聲，一樣可口。楊牧正開心地喝著他的啤酒，聽我們七嘴八舌，笑鬧喧騰，完全不動如山。有時大家爭論一個古籍上的問題，喋喋不休，楊牧聽到段落處，忽然說出我們想破頭也想不起來的答案，一時鴉雀無聲，瞬間有人低呼——太厲害了。

多麼美好的時光。

我以為每年會一直這樣看欒樹開花，一起和楊牧在東華春天讀詩，說天氣暖了環頸雉家族出來散步了，還有，他們宿舍門前今早盛開的野薑花好香，偶爾遇到深灰的野兔在草叢間撲朔迷離，五月夜間的校園到處都是夜鶯的叫聲，多急促啊……。楊牧聽我瑣碎聒噪只微微笑。他的愛徒我的好友曾珍珍也在，她總記得拎瓶奇特好喝的酒去探望老師盈盈。那段期間，楊牧的愛徒李永平常端張椅子，白天坐在文學院四樓走廊凝望海岸山脈，靜靜抽菸。教路過的我冷不防想起少年PI裡靜看星空的老虎PAKER，真想也問他一句：「PAKER，你在想什麼呢？」浮雲般的時間好像停駐在那裡，不想流動了。

我跟老師說，因為您我才細讀周作人、陳世驤，才重新認識《詩經》、陸機《文賦》、許地山……，才重新學習標點符號，打開生命中一扇又一扇奧祕的窗。我喜歡老師重新修訂的《失去的樂土》，帶他寄贈的那本去上課，暗中得意。學生楊瀅靜出詩集，要我寫序，書前有楊牧的序，我在後，再歡喜一次。至於老師愈寫愈抽象的詩，我最耽讀二〇〇〇年以降的作品，因為抽象所以普遍，爐火純青。

我說老師，盈盈說您早上起床穿著睡衣就去翻書。楊牧看一下甜蜜的盈盈，只回一句：「不然要穿什麼？」他的〈盈盈草木疏〉，充滿鮮綠的陽光，情愛的芬芳，讓人讚嘆欣慕。盈盈說老師很幽默，我們完全印證。一切彷彿依稀，如在眼前。我竟希望時間沒有盡頭。

不只一次楊牧說：「起點和終點同時存在於我自己的心，走到那裡跟到那裡。」臺灣——故鄉花蓮，想是楊牧的起點也是終點。也不只一回，他強調：「一個島，就是正確的方向。」這個具體且抽象的島，不管身處何處，永遠是他心之所繫。一如葉慈〈白鳥〉詩寫的：「我心縈繞的島嶼。」楊牧深深肯認「果然就是這裡」，聲稱這裡就是「我平生唯一的城」。

二〇一五年，楊牧編譯完成作者不明的中古世紀傳奇詩歌《甲溫與綠騎俠》，全詩計二五三〇行，分四折，起伏跌宕，金相玉式。詩歌旨在鋪陳亞瑟王圓桌武士故事群的騎士精神，品格高尚自我惕勵，為公理正義出發戰鬥，勇敢深情一往無悔，長年漂流之餘，渴望回歸。楊牧此作用力極深，實承自他長年心儀中古世紀武士的倫理德操，其實早已不斷出現在前此的詩作當中。《甲溫與綠騎俠》同時承載了楊牧幽邃的情志心事，不由讓我想起周作人譯著希臘神話《路吉阿諾斯》對話集，很多研究他的人忽略了這部譯作層疊隱晦的涵義，更忽略了他說的：「我一生想說的都在這裡。」楊牧應該也是。

楊牧很喜歡《暴風雨》，嘗說：「《暴風雨》是莎士比亞最後的一部戲，譎幻神祕，有愛，恨，無窮的猜忌，和完完全全的寬容，一切莫非地上的塵，空中的風。」或許如此，或許並不。

確實無論如何曲折的人生，總有幕落結束的時候，一如戲劇。離合聚散人間如夢，生旦淨丑貪嗔愛癡，彷彿都將不留煙雲，痕跡。莎士比亞的《暴風雨》肯定寬恕和解為完整的人生主題，不僅是頗羅斯倍羅與仇讎的和解，還是與宇宙與自己的大和解。劇終時頗羅斯倍羅，「打斷魔杖，埋進地裏，並且把書深深地，深深沉沒到測海錘從未探及的水底，法術解體，告別過去和現在衝突的身體，心靈，歸於無嗔無喜的空白境界，無慾，無力，但願幕落時掌聲鼓起，鼓成一片好風，注滿我歸去的帆，送我回久久相違的米蘭。」

如同頗羅斯倍羅的楊牧，此刻已告別他曾經衝突的身體，心靈，歸於無嗔無喜的空白境界。而塵世戀慕的掌聲正注滿他歸去的帆，鼓成一片好風，將送他回到久違的從前，乾淨純粹，透明。

盈盈曾說楊牧不愛旅行，但堅持全世界最美麗的航線之一是臺北到花蓮。這回老師獨自先去一個很遙遠的地方，也許會一如往昔，安靜地等大家前去相會吧，或許就化為宇宙裡的一顆星辰，遺忘了我們。我們有幸在這地上之塵空中之風裡，與他交錯相遇，無論怎樣介入相知，繾綣相惜，時間一到，似乎也只能彼此遺忘，回歸色空俱泯。

即使必然如此，在他走後的幾天，我還是忍不住想起一些往事，彷如煙火剎那，又似永恆夢境。在楊牧尚未走遠之前，不知為何，我想銘記下他寫於二〇一三年的〈遺忘〉：

像傾聽的貝殼拋棄潮聲邊緣
虎魄自焚，在有人撞擊的眼前
轉瞬消逝於無形，像失重的
心孤懸除卻慾望的高層次
感覺浮雲以上氣流急速降溫
無時不根據非凡的血緣關係
少許失誤，印證諸神的浪漫情懷
和暴力傾向，天真的眉目——
甚至破曉時刻猶團團滾動
像荷葉上昨晚最圓最溼的露

——二〇二〇年三月二十日

冷淡ê表情藏正義ê火種

——紀念楊牧

李勤岸

國立臺灣師範大學臺灣語文學系退休教授

第一改kap你見面是讀東海外文系ê時陣，你轉來母校演講。演講了，我去kap你熟似，自我紹介：「我是牧尹，我也寫詩。」你表情冷冷，無講啥物，蓋成對我真生疏。Koh再見面是二十二冬後，你是我ê院長，我tī東華大學英美文學系做助理教授，你是人文學院院長。

我最後聽著ê你ê聲音是：「我和勤岸照个相。」師母teh叫你ê時，你按呢應。

彼一冬，師大文學院辦一个活動，紀念二〇一一年諾貝爾詩人，馬悅然ê至交，Tomas Tranströmer。有邀請向陽kap幾个詩人唸伊ê詩作。我mā有用臺語唸一首。你彼陣拄來師大做講座教授，阮校長聽馬悅然講你真有可能會連鞭著諾貝爾文學獎，就隨kā你聘來。

二〇〇〇年，我申請東華大學英美文學系，系評會、院評會攏通過ah，毋過校長無beh發聘。你認為是政治干涉，非常受氣，去辭職抗議，系主任mā綴咧beh辭主任。彼个校長是海工會轉來ê，可能有我ê「安全資料」，毋肯聘我。系主任曾珍珍有寫批hōo我，講in當teh抗爭，叫我若有其他ê機會tsú我去無要緊。我kā講：「我真感動，我一定會等恁ê消息！」到九月初，已經開學ah，我才接著聘書。後來我koh知影，你彼當陣是uì華盛頓大學簽約借聘轉來，若辭職，ài賠真濟錢。

過一冬，哈佛beh聘我，我提出留職停薪，你mā有批准，可惜彼个校長毋。我只好辭職離開。我想你可能mā會對我有怨言，你對我按呢爭取，我suah遐爾無情無義，過一冬有較好ê頭路越頭就走。

彼工，聽你輕聲kā師母講：「我和勤岸照个相。」你kā我紹介師母ê時，師母隨講：「原來你就是楊牧常提起的李勤岸。」我知影你對我並無怨言。

Tī東華彼一冬，咱並無真濟ê互動。彼一冬，你我可能攏寫真濟詩。你有一遍請我食飯，可能是為我接風。咱若像mā無講真濟話，干焦會記得你講：「你研究室看出去就是一幅圖！」顯然你感覺這對一个詩人是真重要ê視野。

你koh捌建議我ài設法辦一份《臺語日報》，親像華語有辦《國語日報》，若有《臺語日報》，按呢推廣臺語會較緊！Koh有一遍是kap系裡同事做伙食飯、啉酒。毋知啥物人去講著蔣介石，伊毋知是真心抑是無意，講是「蔣公」。你就真受氣，若像有講幾句氣話，彼个同事就

beh kā你敬酒會失禮，結果，你竟然說：「不喝！」

有一遍，我無kap你相約，透中書從去院長室，你坐tī椅仔頂teh歇畫，坐kah四正四正，目睭瞌瞌，竟然無發現我入來，顯然睏kah不止仔深。我無kā你叫，隨躡跤退出來。有法度坐按呢睏遐爾沉，這一定是真平安ê心境。

楊牧院長，一路平安。

——二〇二〇年三月二十九日，刊登於《自由時報》副刊

兩扇窗

——懷念楊牧先生

張力

中央研究院
近代史研究所
兼任研究員

一九七五年秋天，我就讀政大西洋語文學系四年級，某日和助教聊到，兩年前余光中系主任舉辦全校性的新詩朗誦比賽，引起校園裡一陣熱潮，可惜余老師在學年結束後，赴香港中文大學任教，新詩朗誦比賽未能繼續。助教說：「你們可以做啊，系辦支持經費。」我和幾位同學商量後，決定延續此一傳統。

我們仿效兩年前余老師的作法，並由我致函余老師，請其推薦評審。余老師十分高興，推薦了前屆就擔任評審的瘂弦、張健、羅門、蓉子等老師，首屆時余老師本人也是評審，這次他推薦了在臺大外文系擔任客座教授的楊牧。我大概是請系辦聯絡臺大外文系系辦，取得楊牧的電話號碼。我在電話中說明余老師鄭重推薦他出任新詩朗誦比賽評審，我和幾位同學希望能拜訪他，並親自邀請。

楊牧住在金山街靠近信義路的巷內，二樓的公寓門上貼著一張比名片稍大的白紙，寫著「王靖獻」。屋裡客廳和餐廳連在一起，另有臥房、書房各一，這是友人為他租下的房子，地方大致清靜。

我們幾位政大的同學進屋後，由我再度表達誠意邀請，獲得首肯。由於楊牧不多言，我們也有些拘謹，雙方談話時斷時續。突然有人發現牆角放著一箱啤酒，楊牧靦腆地解釋說他喜歡喝啤酒，一買就是一箱。然後又笑著說，他沒幾天就會喝完一箱，倘若一直在同一家買，會令老闆驚訝，於是他另外找了一家，兩家交替購買。看起來他對自己略施小計而兩全其美，頗為得意。此時一位同學提議：「以後我們可以找老師喝酒嗎？」楊牧欣然同意。

臨別之前，我的同班同學胡為明特地朗誦了〈延陵季子掛劍〉，這是她在一九七三年首屆新詩朗誦比賽時，勇奪冠軍的選詩。胡為明以右手單手捧著詩集，左手輕搭在右手的前臂上，神態自若，以內斂、深沉的聲調誦讀，節奏急緩有致，情感細膩動人。楊牧聽完沉吟良久，緩緩地說：「我沒想到詩朗誦起來，會有這樣的韻味。」

那一年年底的第二屆新詩朗誦比賽之後，我們大約每個月會與楊牧聚會一次，除了有一次我們帶他去淡水老街外，其餘都是在他金山街的家中。每次大約有五六人參加，由主人準備各式酒類，菜肴則由我們負責。有幾回我們買了火鍋料，到他家洗洗切切，冬夜裡邊煮邊喝酒邊聊，非常過癮；有一次我還特地帶了母親做的幾道拿手菜，大家一起品嘗。或許是因為我們不是他直接授課的學生，感覺他面對我們時特別放鬆。我們常常聊的是那段時間楊牧的近作、文壇軼事、東門町的生活所見，有時穿插校園裡的趣聞，混搭閒扯，無所不談。聚餐後若有剩菜，我們會打包帶走，但有好幾回卻是楊牧要求留下，說他隔天可以充飢。

有一回吃飽喝足後，楊牧接到電話，原來是楊弦剛為楊牧新作〈帶你回花蓮〉譜成了曲，想要演唱給楊牧試聽。楊牧要我們趕快把餐桌清理乾淨，說是對音樂家的尊重。於是我們有幸參與了這首新歌的非正式發布會。

有一次去他家的都是男生，大家喝起酒來毫不拘束，看到茶几有一篇楊牧的英文論文，他說《中外文學》向他約稿，他沒時間寫，想把這篇論文譯成中文投稿。於是大家起鬨要連續幾年獲得校內翻譯獎的單德興，承擔論文中譯任務。當晚非常盡興，根本沒注意到已經半夜，沒有公車回木柵了。楊牧回臥房就寢，我們幾位同學就在客廳的沙發上隨意而臥。德興則幾乎通宵細讀論文。次日早上，大家又圍坐在餐桌，聽兩人討論論文內容。幾個月後，這篇譯作〈論一種英雄主義〉就在《中外文學》刊出。那是德興的第一篇學術翻譯，就是在那個眾人皆醉他獨醒的夜晚展開的。

一九七六年，幾位同學在政大成立了「長廊詩社」，邀請楊牧作首場演講，結束後，我們邀請他留下來一起喝酒。我們帶著他從四維堂一路走到籃球場，大夥兒就坐在地上喝起啤酒。其間有一位校警騎車經過，看了我們一眼，一句話都沒說就轉往別處。楊牧就說：「校警是世界上最好的警察，他們是要保護學生。」球場酒聚之後，我們之中有幾位忙著考研究所，叨擾楊牧的聚會就暫停了一個多月。

我僥倖考上政大歷史研究所，正在考慮是要先服預官役，還是先讀研究所，此時楊牧和我聯絡，告訴我他要成立書店，問我能不能幫忙？我就把它當作是一個工讀機會，決定先念研究所。那年我們一群人最後一次和他聚會喝酒時，楊牧高興地向大家宣布洪範書店即將成立，準備出書。有人好奇問道：那不就是出版社嗎？楊牧解釋說：「不是。早期上海的出版社大都叫作書店，我們將來有機會也要成立店面，還可以賣賣鉛筆、橡皮擦。」沒想到他對書店有如此童趣的想像。

楊牧把我介紹給其他三位創辦人瘂弦、葉步榮和沈燕士先生，過去曾聽過瘂弦的演講，葉先生和沈先生則是初次見面。我後來才知道，開書店是楊牧和葉先生中學時代就有的夢想，現在終於實現。一九七六年夏天，洪範書店正式成立前，已有五本新書發排，幫忙編輯的是《幼獅文藝》的黃力智先生，也是這份月刊主編瘂弦的屬下，我則負責新書的校對。四位創辦人對叢書的要求極高，我兢兢業業的工作，力求完美。瘂弦有一次給我兩本《詩學》的校樣，要我校對，好讓我賺一點外快，我校完後還給瘂弦。隔了幾日他遇見我，對我說：「橋橋說，這年輕人做事挺認真的。」然後把校樣還給我，我翻看一遍，發現他又挑出一些錯別字。我一則為自己的疏忽感到汗顏，另則由衷佩服資深主編的功夫。從此我更加嚴謹地校讀，偵測錯字的能力就慢慢增強了，尤其後來在閱讀學生論文時，往往對錯別字特別敏感。

我算是洪範初創時期的唯一員工。到了夏末，楊牧返西雅圖任教，不久之後瘂弦也到威斯康辛大學攻讀學位，沈先生忙於本身的工作，葉先生成了與我最常見面和聯繫的上司。我在力智兄指導下，慢慢熟悉編輯的工作。洪範偏愛鉛字排版，感覺書中文字有如立體。我常待在西昌街的永裕印刷廠中，看師傅如何檢字、排版，甚至上機印刷時還要特別注意有無掉字。每年暑假印刷廠忙著印教科書，不免耽擱其他印刷品的作業，這時編輯更要隨時待命，一面盯著印刷廠，一面隨時解決問題。

文字編輯和校對由我負責，葉先生統籌封面事宜，他有空時也會加入校稿。當時的文學書籍大多中規中矩，我大致追隨力智兄的原則，所以洪範早期的書看起來風格一致。我的編輯過程中，印象最深刻的應該是《美人圖》。王禎和在書中提到了余天和港星阿B（鍾鎮濤），堅持要在這兩人的名字下方插入照片，他的理由是幾十年之後，讀者就不知道兩人長什麼樣子。這樣一說，我們也覺得有理，就照辦了。

洪範成立時，先在林森北路三八〇號七〇七室分租了一間小辦公室。書出版前，我們就忙著寄發新書消息，等待讀者的劃撥單。當時通常是四、五種書一起印刷、出版、上市，主要是考慮到節省寄書費用及發行成本。我們收到劃撥單後，需要將收件人姓名地址一個一個抄錄在白紙上，然後貼在以牛皮紙裹好裹緊的幾冊書上面。很快地，劃撥單愈來愈多，在那個沒有電腦的時代，我們花了不少時間抄寫、包書、寄書。

記得葉先生和我第一次去中山北路的郵局寄書時，兩人各捧著一大落書，短短的一小段路，感覺越來越沉重，雙手瘦得幾乎扛不住。好不容易到了郵局，卻因不知需要填大宗單，遭到郵局人員數落。之後我們才明白大宗郵寄有其程序，也知道事先填好大宗郵件單可以省很多事。後來書店添購了一臺直立式手推車，省了不少我們寄書的力氣。

這段期間，楊牧總會在暑假回臺灣，有回他約我在臺大附近的咖啡廳，拿著《楊牧詩集I》的校稿，隨意翻開幾首詩，告訴我主要在描寫什麼。然後他鄭重、仔細地解釋標點符號的各種準則和細節，以及他個人習慣的用法，例如他寫文章不用頓號，因為標點符號是西方移入的產物，英文的標點符號中沒有頓號，都是用逗點。

我在大學時喜歡攝影，有回在楊牧家聚餐時帶了相機去，楊牧穿著長袍和大家一一合照。他特別滿意其中一張和某位同學合照中的自己，囑咐我洗成兩吋半身照。其實由彩色負片洗黑白，效果欠佳，我說我可以用黑白底片幫他照一些，但他還是說那一張最好，於是那張我認為不夠好的半身照，就被他用為官方版照片了。一九七九年他結婚時又叮囑我和黃力智擔任攝影，我不記得當時婚宴上是否另外聘請了專業攝影師，只記得當天楊牧喜不自勝。幾天後我將洗好的照片連同底片交給他，他看了非常滿意，可惜當時忘了自己留下一份。

楊牧結婚後返美定居，我也在一九八二年二月考入新聞局，於是離開了洪範。但楊牧對於我和我當時的女友（後來的內人）仍然非常關心，知道我們有意赴美讀書後，他寫了一封長信建議我們到他所任教的學系，分析各種利弊，替我們考量各種因素，鼓勵我由文而史也是一條可以嘗試的道路。但我後來申請到哥倫比亞大學，決定繼續攻讀歷史，辜負了楊牧的美意，也一直對楊牧感到歉疚。之後我們偶有通信，見面機會更少。

一九九六年我得知楊牧回到花蓮，在東華大學擔任人社院院長，那時我已在中研院近代史所服務了十二年。一九九八年，楊牧打算在人社院成立歷史系，請謝國興教授撰寫規畫書，不久他得知國興兄是我的同事，於是立刻跟我聯繫，簡單敘舊後，就要我幫忙國興兄規畫。此事義不容辭，我就補充了兩項規畫構想。由於歷史學系畢業生出路有限，我私心認為教育部應該不會通過此申請案。

一九九九年三月，我接到楊牧電話，告訴我教育部原則上通過歷史系申請案，他非常高興，因為「文學院一定要有中文系、外文系、歷史系和哲學系。以後我們再看情況設立哲學系。」原來的規畫書需要少許補充說明，楊牧請我幫忙，並由院辦公室的林君鴻祕書和我保持聯繫。這仍是規畫工作的延續，我就幫忙草擬回覆教育部的文稿。此時也不免想到，楊牧會不會要我更進一步的協助。

兩個多月後楊牧來電，得知我有教育部的副教授證書後，立刻就說希望我擔任新成立的歷史系系主任。因為我在研究院的工作穩定，學術資源豐富，而且我沒有大學行政工作的經驗，就婉拒了。同時我也告訴他，我雖然已經有政大的博士學位，但先前有個機會赴國外大學就讀博士班，還在撰寫論文階段，我想將它完成。對於我的理由，楊牧不能認同，他勸我別再想另一個學位，因為我已不需要再憑學位謀職了。繼而動之以情：「你想想看，能有一個機會創辦一個新系，是多麼難得。」「我跟你說這些話，我是把你當自己的弟弟看。」那幾日我反覆思索楊牧的話，頗為感動，也有一些心動，和內人討論之後，決定接受邀請。

我第一次到東華大學，楊牧安排我和校內幾位一級主管餐敘，再開車帶我駛過廣闊的校園。途經草木叢生的北半部校園時告訴我：「裡面有野兔，還有其他的小動物。」幾日後我在臺北拜見了牟宗燦校長。此後雖然有一些我個人借調手續的小問題，但一切堪稱順利。第一屆歷史系的新生，就在「九二一」強震的當天晚上，參加了迎新會，宣告東華歷史系的出發。

有回他打電話到家裡給內人，為的是隔天要參加的婚宴，一位史學界的朋友娶媳婦。他問內人紅包應該包多少錢，然後跟內人說，他擔心自己不太認識其他賓客，要內人幫他留個位置。內人和他十多年未見，隔天相鄰而坐，楊牧侃侃而談，得意地說兒子跟他感情很好，返美讀書轉機時還要打電話跟他聊天，然後描述盈盈師母如何幫新居找到一個很有古意的書桌，也是一臉滿足。後來他提到師母喜歡划船，她和船友需要一起舉臂抬船步行到海邊，那是很重要的一個儀式，然後信手拈來幾個西洋古典文學中有關船的典故。一時之間，我們彷彿回到當初金山街的聚會，他還是那個優游在文學與現實之間，瀟灑地自由出入的楊牧。

我一直以為楊牧找我，讓我有幸成為洪範初創的一員，是因為我在籌辦新詩朗誦比賽時有條有理，得到他的肯定。後來內人問了他這個問題，楊牧說是因為那次一夥人到籃球場上飲啤酒，走到半途時，他發現我不見了，過了不久，看到我搬著一箱啤酒到球場，覺得我這個人sophisticated。他特別強調，這個字對他來講是正面的意義，表示成熟、練達。洪範是楊牧為我開的第一扇窗，讓我持續接觸優秀的文學作品，也讓我累積出版實務經驗。後來我在中研院近史所服務，也參與所內的出版業務，基本上就是以洪範為師。洪範叢書封面摺口的作者與內容介紹，文字精練，敘述精闢，一直被視為典範，我也試著在近史所每一本書的摺口加上簡介。

在東華服務是楊牧為我打開的第二扇窗，感謝他的信任，給予完全的支持，使我能和全系師生，共同創造了歷史。我把學生看成我的同輩，一起學習，系內運動風氣甚濃，教師和學生打成一片，以致漸漸形成了一種特殊的系風。去年東華歷史系成立二十週年，兩百多名歷屆系友攜眷返校，兩天的「回娘家」活動熱鬧非凡。看著學生帶著家眷舟車勞頓重返花蓮，爸爸或媽媽下場參加球類比賽時，另一半牽著兒女的手在場邊加油打氣，感受全系強烈的向心力。學生以母校母系為榮，他們給我的回饋，讓我的人生增添了不同的意義。

——二〇二〇年五月十九日，刊登於《聯合報》副刊

且掬起記憶海波中的粼光

吳冠宏

國立東華大學
中國語文學系
教授

⊙一、我們在尷尬、靦腆的臉紅中相遇

追憶起來，已有二十多年的光景，那時東華大學中文系陸續有不少年輕夥伴加入我們的陣營，有一次我邀約系上同事來我家餐聚，以略盡地主之誼，由於當時我還沒有抽到學人宿舍，因此暫住在吉安三十米路巷弄裡的社區，來訪者除幾位年輕同事之外，還有鄭清茂老師、楊牧老師，雖然向來滴酒不沾，為使來訪的同事們有酒可飲以免掃興，特從住家附近三十米路旁的雜貨店買了六瓶啤酒，知道自己縱使不解酒中趣，也當讓大家過過癮，當晚簡便用餐、相談甚歡後，隨即便各自或結伴開車回家了，由於楊牧老師說他有朋友會前來接他回東華宿舍，因此原本同行的夥伴們就依他的要求，讓他獨自走至三十米路等待接送之友人。

內人開始整理飯桌上的菜餚碗盤，我看著六個啤酒空瓶子，想著或可趁雜貨店尚未關門，前去退瓶，於是沿著巷弄，悠然自在地走向三十米路旁的雜貨店，在幽黯中隱約看到裡頭有個人手裡拿著易開罐的啤酒盡興地暢飲著，仔細一瞧，我們的目光交會在這不經意卻又彼此瞭然於一切的當下，楊牧老師的臉泛出尷尬、靦腆的紅，我感覺得到我的臉，亦逐漸如是。

此一銘記心頭的陳年往事，雖不時以楊牧老師說過：「獨飲也有其孤高的境界」來釋懷，但終究不得不承認當晚的六瓶酒豈夠大家喝足盡興，他在〈六朝之後酒中仙〉裡曾經提到：「近代醫學昌明，一般人都強調酒與遐齡之間的衝突，所以許多長輩在飲酒半生之後，輒主動地或被動地戒了；不但自己戒酒，也勸我們晚輩少喝或根本不喝。通常勸說的人總是充滿了誠意，聽訓的人則始終是藐藐的。」難怪早先朱戈靖醫師提醒他不可以再喝酒了，酒興來時，他仍淺笑地說朱醫師的話聽聽就好，後來漸漸地變得不能喝了，陶公有云：「止酒情無喜」，也就不喜歡跟大家聚餐了。有一次鄭清茂老師從桃園回來餐聚，楊牧老師難得出席，我還特別準備了幾瓶「黑麥汁」（聽聞其味最似啤酒），讓他可以過過癮，只是體驗過杜康豪情的他在不飲之後，縱使以汁代酒也不可能弄假成真，沮喪之情可想。

文哲所三十週年，以金門高粱作為紀念物，若連結到楊牧老師為第一任所長，就更饒富別趣了。金門是他練就一身酒膽的勝地，還常以「醉臥沙場君莫笑」解嘲，文學研究者每爭議於陶淵明〈飲酒〉二十首或為中年或為晚年之作，兩說總是對應於不同的政治事件與解釋，楊牧老師關心的卻是〈飲酒〉二十首只像薄醺境界下的產物，反而是〈止酒〉一首才像醉後所作，他所以能如此舉重若輕，當是專情於酒使然，而我獨愛他說：「酒如果能做為他玄思和正義的觸媒，酒之令德可以無愧。」真是對「酒德」的最高禮讚！只是文哲所三十週年的高粱酒紀念品，受限於經費，設計相當精美，身材卻如此苗條，喝不過癮的楊牧老師，看來又會想辦法悄悄地走到可以繼續暢飲盡興的地方了。

⊙二、從詩文與哲解之間到套語的雅俗之際

二〇一五年五月在東華有春天讀詩的活動，我選楊牧老師〈易十四行詩〉兩首由侯建州老師朗誦而我隨之解讀，作為一段節目。觀楊牧老師在其詩作、編撰、學術研究上，每與《詩經》多所涉獵，相較起來，向來被視為漢華文化之源的《易經》，不知這位博學善感的詩人對此可否留下動人的印記？無意間我在《楊牧詩集》中發現了〈易十四行詩〉兩首，讀來分外珍貴與驚喜。若從十四行詩的詩體背景看來，這兩首詩在主題及表現風格上，可謂與十四行詩的傳統相互呼應，即高揚浪漫情懷、歌詠男女情愛，而不時呼喚著生命的激情，令人期待的是，東方

《易經》的意象與西方十四行詩之體式，在此碰撞交會下，又會轉化出什麼樣的新氣象呢？

觀第一首「澤中有雷」是〈隨卦〉之象而來，雷聲而震動，繼而是風翻雨澤萬物，在此可以傾聽到宇宙豐沛的生機在交疊作響，大鵬、鶺鴒、魚蝦，都處於伺機而動的狀態，當有取隨時之大義即隨順相從之意；然楊牧老師仍不忘以欲望為圓心，讓宇宙和我們的脈搏同步共震，是以縱使在隨時伺機，亦有如帶著蠢蠢欲動的想望，置身於虛靜的深夜之中，等待天明。第二首題為「利涉大川」，即為《易經》爻辭中時常出現的套語，有十條之多，本來是指涉有利於進行艱難或高風險的事，在楊牧詩中卻轉為男女情愛的描述，表現陰陽交媾時的纏綿悱惻，洋溢著生之慾望的堅韌頑強與繁衍滋長。可見這兩首詩，正是他吸納西方詩體的風格與節奏，並取義於《易經》意象而進一步體現當代感文化的產物。

〈乾〉、〈坤〉兩卦向來被視為「易之門戶」，這兩首融舊納新的現代詩，一柔順隨從，二陽剛克難，何嘗不是一種新乾坤精神的體現，我娓娓道來其詩旨的微意，而當時的吳茂昆校長及鄭嘉良副校長聽完後都不約而同地對我說：「經過你的解釋，我終於懂《易經》了！」本來在談楊牧詩，卻意外使聽者從現代詩的語境中轉為認識傳統經典的進路，豈不妙哉！只是楊牧老師對於我的侃侃而談，總是露出「笑而不答」的曖昧表情，看來並非不以為然，但終究不是默認了，對此詩人絕對有「不言」的權利，而解人又何嘗不可以透過「作者之用心未必然，讀者之用心何必不然」來自我辯解呢！

早在閱讀他《隱喻與實現》的〈序文〉時，我便注意到楊牧老師詮解《論語》「子在川上，曰：『逝者如斯夫，不舍晝夜』」一句，每喜從文人有感於時間之推移及感歎入手，而對於宋儒據此發現道體流行的說法終是有隔，即使他並不否認此言已觸及無限精神的啟示，想必是他認為對於恆常之理先置而不論，方能讓流變的感覺經驗充分被釋放出來，進而以美學的姿態探入形式的奧妙，如同他評碧許的詩：「原來她所散發的詩的光度與能量，並不一定悉數來自陳舊或翻新的命題，其實最基礎的動力，正是她簡約的微渺而充沛，無往不利的句式、章法，和精緻的音韻每每於文字的取捨之間春容往返。」依此線索看來，他常並提詩與哲學，而以渾成一體視之，但在同時關照文與哲之際，其學術座標顯然略微偏向「文」一點。人文學科的養成，理應在文與哲全方位的洗禮與不斷的對話中再各取所需，從而展現會通的視野與專業的魅力，不知文哲所初始的立名，可否有取意於文與哲所交會之慧光，反觀當今學科的專業架構如此涇渭分明，這樣的願景期待，不知可否已成難以體現的理念或無從苛責的奢求？

《易經》與《詩經》同樣具備口傳作品的特點，每召喚、凝聚更多人的集體記憶。記得大陸民間諺語、民俗學專家安德明教授二〇一六年三月至六月前來東華短期講學，由於他常跑田野，一直都是一副黝黑厚實的模樣，他返回大陸前，希望我可以帶他去向景仰已久的楊牧老師致意，於是在五月某個夏日寧靜的午後，我們相約一同登門造訪楊牧老師，盈盈師母還細心地為大家備茶與點心，安教授從楊牧老師《鐘與鼓——詩經的套語及其創作方式》一書談起，認為該書分析《詩經》存在著諸多套語，顯示其保留著口傳作品的特色，此一觀點開啟民間文學研究者得以從經典的源頭見證「眼光向下」的人文精神與文化視角，雖然大家只是夏日午後的輕鬆暢談，宿舍外不甘寂寞的庭園猶不時傳來蟲聲相伴，在這一場現代漢詩的大師（楊牧老師好白）與民間口傳諺語專家（安德明教授好黑）的相遇對話中，卻使我更了解傳統漢詩的原生形態與民間性格，並再一次看到文學出入於雅俗之際而得以延綿不絕的生命力。

⊙三、以創造維繫傳統，憒憒令人思

剛來東華任教時，楊牧老師擔任東華人社院院長，猶記有一次他帶我去參加學校的教務會議，主持人教務長熟稔於校務，極重細節，一開起會來就是沒完沒了的數小時光景，他一臉不耐煩地跟我說：「其實這種會半小時就可以結束了！」在王文進教授擔任主任召開系務會議時，總會體貼地跟他說：「中午時段你需要午睡，就回去休息吧！」他看看議程，了解並無要事，便會悄悄地走了。後來中研院文哲所的某位老師，認為楊牧老師被我們東華中文系寵壞了，其實「不喜歡開會」、「不耐煩一般瑣碎的庶務」應該是他一貫的作風，這讓我想起一段有關王導「不復省事」的掌故：

> 丞相末年，略不復省事，正封籙諾之。自歎曰：「人言我憒憒，後人當思此憒憒！」（《世說．政事》十五）

在這處處講究規範、形式掛帥的教研環境裡，實與楊牧老師無為簡易的作風格格不入，回眸他一路走來的人生步伐，不論擔任何種職位，扮演何種角色，總是能如此疏緩從容，自在適性，有人不禁羨慕地說：「他就是天生好命！」的確，楊牧老師有一種與生俱來不喜成規成矩的高貴名士氣，但我仍留意到，他固然無心於俗務，崇尚簡略，卻每能在重要場合上掌握大原則，表達前瞻性的意見，看似沉默不喜發言，遇到該講話的關鍵時刻，不必飲酒就能為理念為正義發聲了，可見名士之逸氣，有所謂：「有逸之而大、有逸之而真而純」者，亦有所謂「有逸之而小，有逸之而偽而雜」者，兩者自不可相提並論，賈伯斯有云：「簡約是細膩的極致。」而我以為，能夠以簡御繁不僅是楊牧老師的風格，更是他的高度。

他看我總是事事精實而忙碌，有一次便直接問我說：「你到底都在研究室裡忙什麼啊！」我說：「學界總有審不完的論文、專書、計畫、升等與聘任等工作需要協助！」他苦笑後還叮嚀我說：「你總不能老看一些沒有營養的東西啊！」初聞這番話，看似不解我們中生代「人在江湖，身不由己」的辛苦，又何嘗不是一針見血的規箴之言！學科的發展建立客觀化的制度固有其必要，在科技專業的主導下，我們隨之共構了龐大、森嚴、繁瑣的學術體制，卻讓彼此在遊戲規則中作繭自縛，甚至在無形中都被體制綁架了、收編了，並逐漸成為被馴服的籠中鳥，因為務「實」過了頭，就失去留白與餘裕的空間，愛因斯坦說：「學術生涯迫使一個年輕人拿出科學成果，而只有堅強的人才能抗拒膚淺分析的誘惑」，短線與量化的規範已在侵蝕人文學科的命脈，目前還找不到如何復原的出口？楊牧老師每以創作實現其學術的使命，他說：「創造乃是維繫偉大的傳統於不墜的唯一的手段」，由是在他主持中研院文哲所的時候，不時為此學術殿堂帶來創作者的火花，並且身體力行，成就一段難以複製的璀璨時光。面對如今學術的發展逐漸走向僵化，造成窄化與弱化的病狀，我認為楊牧老師重視創作、擺脫體例的繁文縟節、強調書寫的自由與溫度，對於我們下一步的轉機與醞釀第二波的改造新路，未嘗沒有啟示性的意義。

猶記東華大橋尚未通車、盈盈師母沒有常伴其側之時，我曾載楊牧老師到鄰海的門諾醫院給朱戈靖醫師看病，在返回東華大學的路上，仍必須繞道重回靠山的臺九線，不禁向他說道：「真不知蓋了多年的東華大橋，何時才可以順利通車？」他笑著回答當時還很年輕的我：「冠宏，這是我需要擔心的問題，你生命的時間還長呢！」回到學校後，他說自己累了，問我可否幫他到湖畔餐廳買個湯麵當作他的晚餐，只要跟老闆娘說他要吃的就可以了，我依照他的指示前去湖畔買麵，想著也為自己買個一樣的湯麵吧！當提出我的要求時，老闆娘瞪大眼睛一臉疑惑地問：「你真的也要嗎？那很難吃喔！」原來是一碗淡而無味的湯麵！也許正因為平淡無味，可以返無全有，海納百川，因此當晚吃起來，就別有一番滋味了。

最近因為知曉風水的家母為楊牧老師確定東山樂園的墓園方位，盈盈師母客氣地託楊牧老師的胞弟楊維邦教授送禮到家母開設的順光佛像中心，以表達謝意，兩位長輩聊一聊後，楊維邦教授來信說：「聊了以後才知道，我們還是親戚呢！」花蓮真小，但楊牧老師給我的世界很大，尤珍惜因他而有的點滴記憶以及不斷揚起的生命漣漪，還有那我們彼此都深愛的波瀾壯闊之文化長流！

——本文為中研院文哲所《中國文哲研究通訊》「楊牧紀念專輯」受邀稿

在年輕的飛奔裡
——記楊牧，兼述東華人文學院初創年華

郝譽翔

國立臺北
教育大學
語文與創作學系
教授

猶記得第一次見到楊牧老師，是在讀研究所時，當年臺灣大學的風氣仍偏於傳統，重學術而輕創作，學生幾乎沒有什麼親炙作家的機會，然而楊牧老師卻是學院中少數能夠兼治創作的例外，臺大特別邀請他前來，在文學院會議室做一場演講。我和同學得知消息，興沖沖地趕去聆聽，卻發現會議室早就坐滿了黑壓壓的聽眾，只有角落剩下兩張空板凳。

我們勉強擠過去坐下，演講還沒有正式開始呢，透過人群的縫隙，我見到楊牧老師正坐在講桌後，臉上的神情有點悠然，卻又漠然，眼光靜靜地掃過眼前騷動的人群，卻又似乎什麼都不看。後來我才發現，這是楊牧老師慣常出現的神色，既是詩人的姿態，彷彿高傲，並不在乎群眾仰望他的目光，卻又帶著點孩子氣的天真，彷彿在這麼枯燥無聊的會議室中，所有的人皆行禮如儀，卻唯獨他一人悠悠穿透了世俗表象，而發現到有什麼我們所不知道的新鮮事物，正

在其中醞釀，發芽，滋長。

如今事隔近三十年，我已經想不起演講的內容，然而始終不能忘的，卻是他嚴肅外表下難掩的一絲絲調皮與幽默，這使得他的氣質與其他的學者如此之不同，而只要真正喜愛文學的人，立刻就在第一眼能夠辨識出來的，心領神會的靈犀一點通。

我也記得我雖仰慕楊牧老師，卻還遠遠不及同學L。L讀詩，也寫詩，楊牧老師是他既膜拜也模仿的文學之神，而此時此刻，當他親眼看到楊牧老師，全身有如電流通過一般的激動和震顫，就連坐在旁邊的我也能感知。而這不就是詩人召喚人心的強大魔力嗎？足以在我們年輕的心底，掀起一波波的山風海雨。所以光坐在臺下聽講，就已經令人狂喜，我壓根兒從來沒有想過，竟有朝一日可以親近楊牧老師。

一九九六年，楊牧老師從西雅圖返回故鄉花蓮，擔任東華大學人文社會科學院院長。當時東華大學才剛草創，校地據說原本是一片綠油油的西瓜田，人文學院就是全校最早拔地而起的建築之一，矗立在美麗的花東縱谷——中央山脈和海岸山脈的中間。在楊牧老師的擘劃下，中文系和英美文學系是人文學院最早成立的兩個科系，他特地延請數十年的好友、長年在美國麻州大學執教的鄭清茂老師回臺，出任中文系主任，至於英美語文學系，則交由臺大外文系借調過來的吳潛誠老師主持。

鄭老師的學養深厚，尤其是日本文學的造詣，可以說是全臺灣除了林文月老師以外，不做第二人想；而吳老師正值壯年，是當時活躍於學院和媒體的文化理論學者。於是東華人文學院有了楊牧老師、鄭老師和吳老師坐鎮，一時間充滿了活潑的朝氣與希望，更成了臺灣學界和文壇矚目的焦點。

東華中文系才成立兩年，我剛好從臺大中文博士班畢業，我的指導教授曾永義老師也是楊牧老師的好友，知道我愛創作，極力推薦我去東華。於是非常幸運的，我通過甄試，從鄭清茂老師的手中得到了人生中的第一張聘書，從此移居花蓮。

東華大學人文學院建築是一個「口」字型，採取開放式的空間設計，而院長辦公室、中文系和英美系就各自位在「口」的一邊，我們往往一走出系辦，來到環繞「口」字中央的寬敞走廊上，就能夠互相遙望，召喚到彼此。

我總記得當時吳潛誠老師和曾珍珍老師站在對面，揮手對我微笑問好的模樣，以及楊牧老師從院辦走出，沿著長廊上一路悠閒地漫步，臉上帶著一抹自在又滿足的微笑，而他身後的風景就是連綿不盡的青翠縱谷，總有白雲低低徘徊停留。

我也記得楊牧老師在花蓮時，神情總是特別愉快清爽。他是如此熱愛故鄉的土地，以至於我不知多少次聽他以羨慕的口吻，對同樣也是花蓮子弟，我的學長、也在東華中文系任教的吳冠宏說：「你怎麼能夠這麼幸福，在花蓮出生長大，接著去臺北讀書，拿到博士以後又能立刻回來花蓮教書！」對於長年旅居海外的楊牧老師而言，返鄉，意義之深刻重大和喜樂，實在不是一般人可以輕易瞭解的。

也因此楊牧老師把創辦東華人文學院，視為夢想的實踐，更是人到中年返鄉的一大樂事。當時五十六歲的他，正值一個人文學者最好的年紀，學識、涵養以及人事經驗都累積俱足，足以大展身手，把他早年在愛荷華大學攻讀創作碩士，長年在華盛頓大學執教，一九九一年又協助香港科技大學創辦人文學部的經驗，全都移植到花蓮來。對於一個理想的大學該是什麼模樣？楊牧老師早已胸有成竹。

這些年來臺灣邁入全球化的時代，高等教育一直呼籲要「跨領域」、「跨系所」合作，然而我私心以為，除了楊牧老師領導的東華人文學院之外，鮮少有其他的系所可以做到。楊牧老師以他自身的經驗印證，一個好的文學人本來就應該是中西貫通，博取多元文化的滋養。也因此在他擔任院長期間，東華中文系、英美系，以及後來他從中研院近史所延攬張力教授，前來創辦歷史系，三系之間可以說是不分彼此，不僅課程相互支援，就連私底下師生也經常互動往來，交流熱絡，打破了臺灣學院一向中文、外文、歷史涇渭分明的慣例。

楊牧老師也首開臺灣先例，成立創作研究所，而之所以設在英美系底下，是希望年輕的創作者以中文寫作，但也必須充實西方文學的涵養。楊牧老師還大力邀聘作家，找來原本已經辭去教職多年，專心埋頭寫小說的李永平老師，又把遠在紐約的郭強生也找回臺灣，使得創作所的師資陣容更形堅強。

楊牧老師也得到校方支持，開創了前所未有的駐校作家制度，授課的鐘點和待遇一切比照專任教授，於是才陸續有了瘂弦、黃春明、莊信正、鄭愁予等文學大師進駐東華。其實花蓮本來就是作家濟濟，不但中文系有顏崑陽老師、王文進老師和須文蔚、吳明益等，散文家陳列、廖鴻基，小說家林宜澐等，也都常駐於此，就在楊牧老師的一聲號令之下，齊聚於一堂，竟在二十一世紀初的島嶼邊緣，打造出第一個輝煌的文學盛世。

楊牧老師是標準的「望之儼然，即之也溫」，他和鄭清茂老師、吳潛誠老師本就是多年的好友，而一向感性的李永平老師，更經常說楊牧老師是他的「救命恩人」，如今大夥兒全聚在花蓮，課餘之暇，經常應楊牧老師的召喚，就一起到他的宿舍，或是學校湖畔餐廳集合，有時楊牧老師興致一來，更提議驅車到花蓮市區的「兄弟姊妹」餐廳吃飯，吃完意猶未盡，又轉往「璞石咖啡」續攤。在這些數不清的聚會之中，楊牧老師總是凝聚我們的核心，只要有他在，氣氛就不怕冷場，大家一聊就到深更半夜，依舊興高采烈還不肯離開。

於是在那幾年中，東華非常盛行咖啡館的清談。楊牧老師總認為清談的重要性，並不亞於課堂的知識傳授，就像是三〇年代巴黎左岸的文人和藝術家，不知在清談中擦亮了多少創意的火花？楊牧老師也自豪他調得一手馬丁尼好酒，每每在他家聚會時，我們一進門，還沒用餐，楊牧老師就先親切招呼：「要不要先來一杯？」接著便送上他親調的馬丁尼。

那杯馬丁尼，成了我們歡聚清談時既美好，也令人難忘的開場。如今回想起來，那果是我在東華最受啟發的時刻。楊牧老師聊天，信手拈來皆是典故，他的幽默、興致和熱情，更是感染了周圍的我們。我也喜歡聽鄭清茂老師談在臺大讀書的往事，談臺靜農老師以及他的同學林文月老師，而曾珍珍老師只要一談起文學，總是熱情到雙眼發亮，至於吳潛誠老師的話不多，多坐在一旁微笑，聆聽眾人高談闊論，卻總會冒出一兩句警語或冷笑話。

在那幾年之中，也不知有多少重量級學者如李歐梵、王德威、鄭樹森等，都因為楊牧老師的邀約和情誼，來到東華訪問，順便在學人宿舍多住幾天，加入我們的清談聚會。而這不就是所謂的「人文薈萃」嗎？楊牧老師曾說，對於人文科系而言，最重要的人以及圖書館，只要有這兩樣足矣。這說來似乎容易，但除了楊牧老師之外，又有誰具有如此的慧眼和魅力，能夠把這些不分海內外，既博學多聞，又精采有趣的文學人，全都拉攏在一塊兒呢？而置身其中的我們，日日浸淫在這樣活潑又豐厚的人文氛圍中，潛移默化，又豈不是一種難能可貴的福氣？

紀大偉曾經記述他就讀臺大外文研究所時，修習吳潛誠老師開的翻譯課，而吳老師「對翻譯這回事很龜毛，總要斟酌再三。我想跟他合作過的編輯們也偷偷認為他這個譯者（也是年輕譯者們的老師）很囉唆麻煩」，因為吳老師對學生就像是「母雞一樣帶小雞」般認真。我覺得這形容真是傳神極了，不禁想起，楊牧老師也曾經說過，他身為一個文學院長最重要的任務，就是把行政化整為零，學校有什麼繁瑣的事情他都盡量一肩扛起，而不要煩擾到年輕的助理教授，好讓我們可以把全副的心力都拿去讀書、研究和創作。楊牧老師還微笑著打趣說：「我就像是母雞張開翅膀，保護你們這群小雞一樣。」

所以若非有楊牧老師的支持和鼓勵，當年的我，又怎麼能夠心安理得地從容讀書，繼續創作？於是每當有人問起，為什麼東華創作所可以培養出那麼多人才時？這是我能想到的最好的答案。我總感念楊牧老師對於年輕人的愛護與寬容，使得東華不僅是老師，就連學生的創作風氣也非常興盛，設計出版了許多詩刊，有些風格之怪異大膽，令人咋舌。然而每當學生捧著熱騰騰剛印出來的詩刊，送給楊牧老師時，他總不以為幼稚，而是細細閱讀，大力讚賞這些年輕人的創意和才氣。對於晚輩，楊牧老師實極為慷慨。

一九九九年，吳潛誠老師因為癌症過世，而這兩年，曾珍珍老師和李永平老師也陸續辭世，令人思之過往，倍增傷感。如今，楊牧老師的離開，對我而言更不僅是臺灣失去了一個國寶級的詩人，而是人生曾經歷過的一段美好年華，彷彿從此劃下了句點，往後只能在回憶中追尋了——那浪漫理想的美好印記，在年輕的飛奔裡，迎面而來的溫暖的風。

——二〇二〇年三月二十二日，刊載於Openbook閱讀誌

我總是聽見這山岡沉沉的怨恨

——暮春憶楊牧老師

許又方

國立東華大學
華文文學系
教授兼系主任

楊牧老師過世後，我始終活在一個很不真實的氛圍裡，拒絕相信。但下意識裡卻又較以往更容易想起這二十餘年來與他老人家點滴的互動，像一首迴旋曲，順著黑膠唱盤的線索不斷纏繞。記憶拼拼湊湊，宛如若續若斷的樂音。

那是二〇一五年冬日的某個午後，我載著楊牧老師馳過木瓜溪橋，遠方七腳川山慣常展露出憂戚的顏色，在細雨飄零的微風中沉沉思索著什麼。老師忽然提到不久前夏志清夫人在王德威老師的引領下到東華探他，大家一起到了吉安某地餐敘，結束後尋原路回家，在同樣的時間，經過同樣的木瓜溪橋，也如同今午那般，同樣下著微雨。說著說著，老師回憶起哥倫比亞大學時的日子，然後輕輕地用他低沉的口吻說，很久以前的事了。

我們接著談起各自到東華的時日，老師說他來東華是二十年前的事了，我則說自己也已近十七年。其實，在整個路程中，我一直追想著距當時大約十二年前，同樣在某個午後，我驅車載老師到門諾醫院的事。看完醫生後，我們坐在靠海邊的一家旅館的咖啡廳閒聊，老師提到他學生時代的花中是如何景況，眼神中浮現出宛如他在《瓶中稿》中提到的「飄零的星光」，一種悠遠凝視、深刻思念的追憶。當時我年僅三十餘，不太能體會老師的心境，只覺他時而沉默，時而遠眺無盡的海面，有種說不出的寂然。

十二年後，在二〇一五年歲暮灰濛的細雨紛然中，車窗玻璃將這件往事逐漸清晰倒映，我似乎突然領悟了楊牧老師當年告訴我的一些事，它們其實都緊緊呼應著《奇萊前後書》中所述及的一切，只是言語更為含蓄節制而已。更重要的是，顯然我也從過去年輕時的懵然中走了出來，總算懂了時光流逝在人的記憶與生命中，會留下如何的刻度。而如今，老師御鯨西去，木瓜溪畔群山鬱鬱，層層隱沒在淒濛的雲雨間。

這必然是我無法承認的事實，從今以後只能在記憶裡搜尋關於楊牧老師的一切。這段時間，我開始著手整理老師生前寄來的信，二十餘年如一日，時間隨著筆墨迻邐的蹤影流瀉，我們在信中聊彼此最愛的棒球、學院中的大小事，以及對若干社會議題的感想，老師殷殷垂詢的字字句句，無時無刻敲擊著我心頭最深沉的遺憾。也許是因為在中國古典文學的研究中，我與楊牧老師關注的領域最為接近，又都喜歡棒球，以致他給我的信中最常提到的就是治學與棒球。其中一封信寫於二〇〇九年三月十四日，當時老師讀完我寄去的一篇論文，自美國捎來一點鼓勵：

又方：

我們三月一日返西雅圖家中，天寒地凍，只好把自己關在屋裏，不敢出門。倏忽半個月，還不知道那一天開春有望，但四月一日起上課開學，隨即棒球開打，冬天終於即將過去了。

在臺北時接到大作陸機文賦陸柬之書評論文，當時就仔細讀過一遍，興趣盎然，而且有許多值得我們學習思考的訊息，非常高興。全文上下你不斷強調無意一舉解決從晉到唐甚至到昨天和今天的文字問題，謙遜處令人感到可貴自不待言，但我還是看到一些不平常的新意，尤其那些通過早期碑帖書寫習慣之異同檢驗獲取的知識，對我們外行人，當然是極有助益的。反而有時我會覺得你行文太過虛心了，又使我感到不忍。然則人生學問的進境或許就在這種收放的動作中看到了，何嘗不是萬分可貴的？

你接下去做甚麼題目？十分關心。前兩年記得在做楚辭，是不是已經發表些東西了？

順祝

時綏

楊牧　九年三月十四日

我本生性疏懶，做學問並不算認真，也許老師看穿這點，所以才對我不時耳提面命，經常垂詢我研究什麼、寫了什麼，並且要求我寄給他看，然後毫不保留的給我一些建議、指正或鼓勵，即使一個英文單字拼錯，他都不會放過。附信中提到的那篇論文便是這麼來的。記得有一次與他閒時聊提到一個想法，原本以為他大概聽聽便忘。沒想到過了一段時間，他寄來的信中赫然提到：「你曾承諾要為陸機《文賦》中的若干校注問題做些考辯，不知進行得如何？」我讀完後驚駭莫名，立即恭恭敬敬覆信表示將著手進行，當時心下之忐忑，迄今仍覺震顫未已。曾聽已故的曾珍珍教授說，楊牧老師年輕時對學生治學要求非常嚴格，雖然當年老師給我信中的口吻更像是對晚輩問學的關懷，唯那溫煦垂詢之中猶可窺見老師面對學問時一絲不苟的態度。這二十餘年來，即使我研究成果並不豐贍，但每每提筆，無時不敢或忘老師認真讀完我每篇論文後的指導，撰寫時也就更加戰戰兢兢。如果說我這二十年間學問有任何增長，那絕對是楊牧老師在背後推著我前進的。

如今老師過世了，不會再有人鞭策我讀書做學問，心底的失落，無以言表。或許，在一般人心目中，楊牧老師是一位偉大的詩人，但在我記憶裡，他永遠是一位親近的同事、溫柔的長者、嚴格的老師。

——二〇二〇年五月五日，寫於東華大學

文方：

我們三月一日返西雅圖家中，天寒地凍，只好把自己關在屋裏，不敢出門。倏忽半個月，還不知道那一天開春有望，但四月一日起上課開學，隨即棒球開打，冬天終於即將過去了。

在台北時接到大作陸機文賦陸東之書評論文，當時就仔細讀過一遍，興趣盎然，而且有許多值得我們學習思考的訊息，非常高興。全文上下你不斷強調無意一舉解決從晉到唐甚至到昨天和今天的文字問題，謙遜處處令人感到可貴自不待言，但我還是看到一些不平常的新意，尤其那些通過早期碑帖去習慣之異同檢驗發掘的知識，對我們外行人，當然是極有助益的。反而有時我會覺得你行文太過當心了，又使我感到不忍。然則人生學問的進境或許就在這種收放的動作中看到了，何嘗不是萬分可貴的？

你接下去做甚麼題目的研究？十分關心。前兩年記得在做楚辭，是不是已經發表些東西了？ 順祝

時綏

楊牧 九年三月十四日

告別曲

——詩人楊牧遠行

楊澤

詩人

像一條悲傷的慢船
卸下了一切的渴望
也卸下一切的悲傷
告別，告別，告別
告別，告別，告別

像一條回憶的慢船
卸下了所有的鄉愁
也卸下所有的回憶

告別，告別，告別
告別，告別，告別

像一條憂愁的慢船
駛離你陽光的海岸
也駛離一切的憂愁
揮手，揮手，揮手
揮手，揮手，揮手

像一條靈魂的慢船
駛離你肉體的大陸
也駛離所有的大陸
揮手，揮手，揮手
揮手，揮手，揮手

像一條靜默的慢船
駛入你星空的部落
也駛入所有的星空
告別，告別，告別
告別，告別，告別

像一條孤單的慢船
駛入你窈渺的黑洞
也駛入一切的窈渺
揮手，揮手，揮手
揮手，揮手，揮手

亂曰：

海浪誕生

在黎明的火堆上
你曾是戀人們共飲
酸而綠的神奇飲料

浮雲忽焉散去
廢墟升起處

夜鳥歌唱
群星踟躕

回聲是
思想最赤裸的年輪

流蕩其間的渴意啊

詩人的宿命……

——二〇二〇年三月十八日，刊登於《聯合報》副刊

輯四・時光命題

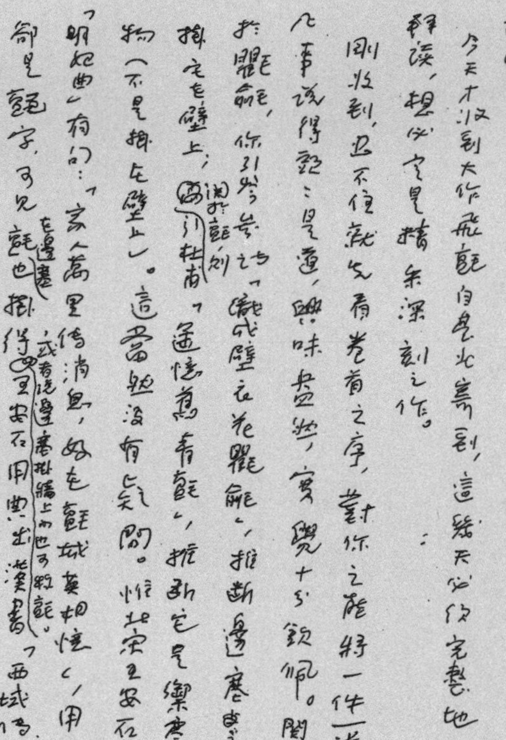
西西：

今天才收到大作飛氈自台北寄到，這幾天必將完整地拜讀，想必它是精采深刻之作。

剛收到，且不住就先看卷首之序，對你之能將一件平凡事說得如之是道，興味盎然，實覺十分欽佩。關於氍毹，你引岑參之詩「纖成壁衣花氍毹」，推斷邊塞地掛它在壁上；（關於氈，則）西川杜甫「遙憶舊青氈」，推斷它是樂府物（不是掛在壁上）。這當然沒有疑問。惟北宋王安石「明妃曲」有句：「家人萬里傳消息，好在氈城莫相憶」，用的卻是氈字，可見氈也掛得（在邊塞）（或者說邊塞掛牆上的也可以叫氈。）王安石用典出漢書「西域傳」：

楊牧致西西書信，寫於1996年6月。

欠花蓮作家的兩封信

西西
香港作家

王禎和在生的時候，和我通過不少信，他最後寫給我的信，我接信後，有點躊躇，就像我們過去的通信，說的都是創作的問題，臺灣的，以及外國的小說，是說意見，是討論。不過這次他用的竟然是英文，談到印度開國總理尼赫魯（Nehru），認為他的英文非常好，問我香港有否他的書。我離開學校以後，從未用過英文寫過什麼，英文也不行，學過的都還給了洋老師。我想，我還是用中文回覆吧。那還是書信的年代，大家通話的方法，是寫信；長途電話，太貴了。當年我的確勤於寫信。不過港臺的空郵，至少要一個星期才寄達。彼此接到的，可是一星期前的消息。才過兩天，我又收到他的英文信，本來想回覆了，第二天卻在報上讀到他離世的噩耗。那是一九九〇年的夏天。

王禎和是花蓮人，我跟他從未見過面，只隱約通過其他人知道他患病，需朋友鄭樹森替他在港寄藥。他從未向我透露自己生病，大概因為看到我患病的文字吧。我欠他一封信。

另一位花蓮肯定會引以為榮的人是楊牧。我以往到過臺灣好幾次，但認識臺灣，還是通過文學作品、電影。真正認識花蓮，是通過楊牧多年來努力經營的詩、散文，讓我有了感性的認知。再然後帶領我知道，這個地方人文薈萃，作家詩人不少，例如陳雨航、陳黎、陳克華等等。大約是一九九一年（朋友提醒我），楊牧來港參加香港科技大學的創校，我們見面較多了，他和我都不是喜歡應酬的人，生活都近乎隱居，他在港的朋友，主要就是素葉同人。他是一個坦誠、率直的人，在這個功利、世故的年代，其實非常難能可貴。文學家，好的文學家，豈能無所堅持呢。我想到，我原來也欠他一封信。說來尷尬。他回臺後，曾寫給我一封信，信寄到沙田的郵政郵箱去，輾轉交到我手上時，已過去了大半年。收信的朋友，可能當某位臺灣讀者無聊的來信，當年的確有些這樣的信。但怎麼解釋好呢。幸好他看來完全不介意。因為他後來看了《飛氈》的序文，立即給我寫了一信，討論「氈」的問題。一個很小的問題，卻可見這位大作家、大詩人，同時也是出色的學者。信就刊在《素葉文學》上，他並且為這書的摺頁寫了數百字介紹。

我這幾天一直在尋找那封遲到的信，大概收藏在某本書內，哪一本書呢？或者書已送其他人去了？信的內容我倒記得，很簡單，他問我一個問題：Walter Scott的*Ivanhoe: A Romance*，香港的譯名是什麼？這書直譯就是《艾凡赫》，好像林琴南曾以古文譯寫為《撒克遜劫後英雄略》。好萊塢曾改編電影，用的是得令的大明星，很賣座，香港就譯做《劫後英雄傳》。楊牧大概隱約知道，但不確定吧，給我寫信，也是返臺後打招呼的意思。

自從右手不靈，電腦通用，我已絕少寫信了，通信都由何福仁代轉。前幾年，收到《甲溫與綠騎俠》，楊牧編譯英國中世紀的傳奇長詩，有二千多行，明顯花了很大的心力，他對英國騎士的傳奇，原來一直保持濃厚的興趣，我於是又想起*Ivanhoe*，他應該已經知道香港的一種譯法，事情已不重要，我只是感覺，在我可以寫信的日子，也欠他一封回信罷了。

——二〇二〇年四月，刊登於《印刻文學生活誌》

一次致敬式的對話

陳平原

北京大學
中文系教授

昨天傍晚，微信群裡出現楊牧先生去世的消息，我立即上網檢索，很快看到：「據楊牧作品出品方『理想國』消息，臺灣詩人楊牧於三月十三日下午在臺北市國泰醫院去世，享年八十歲。楊牧曾於二〇一三年接受新京報專訪，談了談他的詩歌，以及他關於文學寫作的理念。」緊接著的，就是初刊二〇一三年五月二十九日《新京報》的專訪〈楊牧：「文學沒辦法讓你為所欲為」〉。舊文重刊，刪去「日前第一次在北京公開場合與讀者們見面」的引言，以及第一段對話：

新京報：先談談參加完幾場活動的感受？

楊　牧：印象最深的就是在北京大學和陳平原、杜維明兩位老師的活動。大家談的還不錯，年輕人的問題也很有意思。我大概三十二年前去過北大，那次只是參觀，這次比看風景有意義得多。

當初報導需要交代語境，七年後重刊，刪去這段閒言也無不妥。只是作為當事人，我敝帚自珍，對於自己曾有機會當面向楊牧先生致敬，還是頗為得意的。此前在臺北的中研院文哲所座談（那時他兼任文哲所所長），此後在花蓮他家附近接受宴請（二〇一四年十月二十四日），中間幫助協調著作在大陸出版事宜，都只是泛泛之交。真正稍為深入楊牧先生的詩歌及學問的，是那次意外的對話機會。

二〇一三年五月二十六日，在由北京大學中文系、北京大學高等人文研究院主辦、騰訊文化等協辦的「朝向一首詩：楊牧詩歌之夜」上，我有機會與楊牧先生做了一場致敬式的對話。我不寫詩，也不做詩歌研究，本無對話資格，純粹因為活動前兩天，計劃臨時變更。楊牧的老同學、也是此次活動的主持人杜維明先生不太熟悉大陸文學界的狀態，加上時間緊迫，臨時找人很麻煩，於是讓助手給我寫信：「楊牧教授那邊覺得，可能他一個人講比較悶，更希望能跟您對談，或者以您提問、他回答的方式，來展開相關話題的討論。」好在我對楊牧先生略有了解，匆促上陣，就從我最初讀他的學術著作《鐘與鼓——詩經的套語及其創作方式》的感受說起，現場效果不錯，楊牧先生也很滿意，除了接受《新京報》時刻意提獎幾句，回臺後還專門來信致謝。

關於這場對話，二〇一三年六月五日《中國藝術報》做了專題報導，題為「詩人，何以在大學安身——楊牧對話陳平原談詩歌教育及其他」（何瑞涓）。轉載於此（**請見下頁**），以為紀念。

——二〇二〇年三月十四日

詩人，何以在大學安身

——楊牧對話陳平原談詩歌教育及其他

霜花滿衣，一隻孤雁冷冷地飛過
古渡的吹簫人立著——回東方來

——楊牧《招魂——給二十世紀的中國詩人》

對話人：
楊牧／臺灣著名詩人、散文家、學者
陳平原／北大中文系教授

（來源：二〇一三年六月五日《中國藝術報》 何瑞涓）

對於寫詩的人來說，楊牧的名字大概並不陌生。楊牧是詩人，也是學者，五十多年前就已經開始創作、翻譯，曾用「葉珊」的筆名寫詩，創作了《水之湄》、《瓶中稿》、《北斗行》、《時光命題》、《涉事》等詩集及散文集。杜維明，新儒家學派的代表，北京大學高等人文研究院院長，兩人認識已經五十四年。那時，他們在東海大學求學，先後師從徐復觀、牟宗三等前輩名家。在杜維明心目中，楊牧是這樣的人：「很多人說他是一個浪漫的詩人，他確實是浪漫的詩人。但是他的人文關懷是非常強烈的，在寫作裡面有很多人文的關懷。」

說到寫詩，楊牧說，之所以寫詩，大概是跟小時候生長的地方有關係的，或許這也是一個藉口，並不是自己要作詩，而是因為自己受了山、水、雲、海等等的感染，促使他思考觀察大自然與人的情感。楊牧平時的工作是做比較文學研究與教學，他並不只關心文本上的文字，而是常常把自己的頭腦從文本支開，到書和文字以外的地方去。這個時候楊牧是快樂的，他說：「就像我有兩張桌子可以換來換去，這張桌子厭倦了之後就換另一個桌子，到那邊從事知識分子的工作。」楊牧認為，詩人、畫家等都可以是知識分子，就看他心裡的抱負有多大，士不可以不弘毅，任重而道遠。

很多年來，常常會有人問楊牧：你為什麼要選擇做一個知識分子，同時你又要寫詩，詩和知識不是有一點衝突嗎？楊牧認為，「知識分子不只是看書而已，看書的目的是為了走出來的時候能看明白天下發生了什麼事情。」

五月二十六日，在由北京大學中文系、北京大學高等人文研究院主辦、騰訊文化等協辦的「朝向一首詩：楊牧詩歌之夜」上，在杜維明的主持下，北京大學中文系教授陳平原與臺灣詩人楊牧展開了一場輕鬆的對話。

⊙詩歌教育：在中文系，還是應該從文學史開始

陳平原：其實楊牧先生主要是以詩歌著稱，不是以學術著稱的，一般人認為詩人才華橫溢，但是詩人的學問是不太可靠的。我讀了楊牧先生的著作之後，確實覺得這個人是有學問的，是學院派的詩人。我對楊牧詩歌的理解受惠於我的一位朋友，她對楊牧崇拜得五體投地，總是說楊牧是現代漢語詩史上最偉大的詩人，而且不允許我加之一。我在臺灣的朋友說過一段話特別令我受感動，她說楊牧先生的詩的寫作，讓我們知道尊重知識，知道寫詩有一種精神系統在裡面，而不是一觸即發的行為。

作為一個大學教授，我關心的是難得有這樣博學的詩人，難得有這樣文人氣質的教師。幾年前我做過一個演講，題目是「文學如何教育」。對於我來說，教書最大困惑

就是上世紀初我們把西方教育制度裡的文學教育體制搬到中國以後，以文學史為中心來展開文學教育，留下了一大堆問題。最大的問題就是我們在中文系科班訓練出來以後，知識很豐富，但是趣味很貧乏，讀書、讀作品的能力遠遠不及對文學知識的掌握。我有一本書就叫《假如沒有文學史》。我一直考慮一個問題，假如沒有文學史，文學是什麼樣子？我考慮過沈從文先生在西南聯大教小說寫作，我討論過顧隨在輔仁大學教詞，我特別好奇的是楊牧先生在香港科技大學教文學是怎樣教的，怎麼樣讓學生了解詩，欣賞詩，如果有可能的話，甚至也寫詩。

楊　牧：在中文系，還是應該從文學史開始，我覺得一個學期、兩個學期或者四個學期的課都不算太多，尤其是中國文學史。西方的英文學史比較乾淨，假如是外文系文學史的話，兩個學期可以把梗概弄清楚。文學史的觀念應該是基礎。我也觀察到有些非中文系的學子對文學史完全不管，看到一個句子也指不出來有典故在裡頭，而那個典故重要得不得了。

陳先生問我怎麼教詩。比如現在這首詩：千山鳥飛絕，萬徑人蹤滅。孤舟蓑笠翁，獨釣寒江雪。要真的進入文本詳細地分析，進入每一個文字，把每一個字統統弄得水落石出，至少要看看為什麼是千山，為什麼鳥要飛，為什麼絕，絕和滅裡包含著什麼樣的含義，千山和萬徑有怎樣的對比，等等。詩確實不能說「好，就是很好，只可意會不可言傳」，如果這樣，幾次下來學生對文學就一點興趣都沒有了，你要慢慢地講給他聽。

我想教學對於我們來說是千辛萬苦的，可是那種快樂要比不懂詩的人要多。很多人不懂文學、不懂詩，只是努力地解析小說裡面的人文關懷、對社會的摧殘、人間的爭議。那些當然也是文學的討論，也是倫理的關注，可是只要你看不懂那種文字的跌宕、為什麼要把長句變成短句、為什麼要做那麼多韻律……這些不能解釋出來的話，學生當然覺得讀詩還不如讀小說。

北大校長胡適之先生曾說不要用典故。典故還是可以用的，作詩不能真的沒有典故，典故是有力的，可以使你在兩行三行之間就傳達出一首詩、三首詩、五首詩不同的意義。比如《歸去來兮辭》「胡不歸」，你查字典可以知道胡是什麼意思，不是什麼意思，歸是什麼意思，可是你再想想這個句子是從哪裡來的？是從《詩經》裡來的，接下來一句是「微君之故」，整個意思連在一起後的東西統統走到你前面來。我覺得教書的人一堂課有十五分鐘講典故，一點都不會傷害學生，而是會幫他們找到方向。

陳平原：我在大學教文學，深知這個潮流的變化。上世紀三〇年代在北大課堂上，俞平伯先生講詞講到「人比黃花瘦」，他很激動地描述了大半天，沉默了一陣，搖頭說：「真好，你問我為什麼好，我說不出來。」所有人都跟著他搖頭說：「真好。」這時一位歷史系過來的先生，這位先生後來成為著名的歷史學家，他說：「好在哪裡，你說出來呀！」中文系就是這樣，老說不出來，讓我們去體會。北大有這個傳統，一直走下來，可是這個傳統後來受到挫折，講詩漸漸變成學問，越來越往實證方向走。我聽見的最後一代像詩人講課的老師是林庚先生，林庚先生的學生袁行霈先生還能夠這麼講，在課堂上基本上用審美的態度讓學生進入情境，之後的包括我這一類的越講越不像文學，越來越像史學文化研究。

⊙ 體制中的詩人：院長不是管院系，而是要代表教授去對付校長

陳平原：陳芳明給您做七十大壽時的一篇序我特別感興趣，他說，楊牧先生孜孜不倦地致力於詩學的創造，進可干涉社會，退可抒發情感，兩者合而觀之，一位重要詩人的綺麗美

好與果敢氣度，儼然俯臨臺灣這海島。一般人認為詩人不介入或者不太介入政治，除了二十世紀三〇年代的左翼詩人有這個傳統，後面的詩人都是比較清高的。可是楊牧先生的詩歌為什麼會給臺灣的讀者這麼一個印象？他不是一個怒目金剛式的詩人，但他是有情懷、有社會責任的詩人。這樣的詩人回到了臺灣做東華大學的人文社會科學院院長，後來又到了臺灣「中央研究院」當文哲研究所所長。我就想一個問題，一個特立獨行、才華橫溢的詩人進入體制，成為一個所長，他面對這麼龐大的學術機器的時候怎麼辦？我之前也當了四年的中文系主任，我特別痛苦地感覺到這個問題，一個特立獨行的學者一旦進入體制面對的是左右為難。

楊　牧：做院長應該可以有兩種途徑，一個是做院長，代表校長去管院系；另外一個你要做院長，是代表院裡的教授去對付校長，做大家的代表把意思表達給校長。我選擇做第二種，不是去管人家，我也不知道到底做得好不好。在臺灣「中央研究院」大致上也是一樣，我那時候感覺到創作上是慢下來了的。我一生最快樂的事是可以去做學問，在做兩三年以後又可以回到創作上來，非常愉快地循環來回地工作。可是在臺灣「中央研究院」的時候這條路走得有點緊張，詩做不下去了。後來我想到一個辦法，就是去做翻譯，因為翻譯不需要什麼靈感，文本總是在那裡，不管是哲學、文學，還是詩、小說的文本，它總是在那裡。我只要有空的時候，有點破碎的時間，就做一些文學的思考。

⊙詩人的產生：不是橫空出世，大學對詩人成長是有用的

陳平原：詩人既需要有才華，也需要激情，需要想像力，需要情懷，需要鍛鍊，詩人在產生的過程中學院到底能不能起作用？大學體制對詩人成長有沒有意義？北大是特殊的學校，從五四開始迄今為止詩的寫作一直沒有斷。如果沒有這個傳統，大學一般會認為詩人不能培養，很多詩人成名之後也不太承認大學對他們的意義。可是讀您的整個傳記，您在再三強調大學對您寫詩的影響。我有一個研究生做論文，寫《一個詩人的完成——論楊牧先生的東海故事》，專門談你怎麼回憶東海，回憶某一個英文老師，回憶其他先生，回憶具體的課程，講到徐復觀先生教您韓柳文，而且專門講評《平淮西碑》，兩三篇古文能講一個學期，諸如此類。一個大學能夠給詩人這樣的滋養！我們讀楊牧先生的詩和別人的詩不太一樣的地方，是明顯感覺到中國傳統文學的興趣、修

養，包括您說典故、文本和文本背後的許多情懷。您寫的好多詩，能感覺到與中國古代詩人隔著千年時空在對話。一般詩人都強調自己橫空出世，不太願意承認在大學裡接受了中文系的訓練，楊牧先生沒有這樣的論述，讓我很感動，不知道能不能同時也給我們講一點點徐復觀先生的事？

楊　牧：我記憶裡面第一次上徐先生的課，我大一，杜維明老師那個時候大三。徐先生開的是「中國人性論史」，課程是給大三學生開的，不是給大一的。我現在還記得徐先生講課的時候，拿一支粉筆在黑板上一直敲。我聽不大懂，下課後就問維明，我說你知不知道剛才老師在說什麼？他就給我講，一下子講二、三十分鐘。

有一天徐先生叫我去他家，問：你要不要轉中文系？我說剛剛轉了外文系了，有五年才能畢業。但是這對我的鼓勵非常大。我選了很多中文系的課，包括剛才講的韓柳文，韓柳文本來不是徐先生教的，有一個姓高的老師，他教了一段就生病了。徐先生只教了《柳州羅池廟碑》、《平淮西碑》，我一直在很認真地聽，一定要把它聽懂，覺得這是很重要的事情。雖然我學不到古文的那些功夫，但是知道古文內部那些力量，那些「骨骼」，那些「肉」，這對我們學白話文有極大極大的好處。要把白話文學好，只學這一百年來的最好的白話文大家的風格是不夠的，還是要回去學韓柳文，至少把《古文觀止》看一遍，真正體會一些東西。

大學裡面真的可以教學生創作嗎？我的第一個學校，就有這樣的課，年輕的詩人在一起，有兩三位老師帶著大家討論，把一個人的詩影印了發下來，一起批評、讚美或者是譴責他怎麼會寫得這麼糟糕。我覺得這樣的教學方式是有用的，假如說我一個人對著一本詩集這樣教一個下午，也講不出什麼東西來，可是一個班有二十個人，他的詩拿出來，印好了，大家聯合起來給他意見，我想這是有用的。

不用感歎號的大家

何福仁

香港作家

初見楊牧，那是一九七六年六月，《詩風》邀請他來港演講，這也是他第一次來港，我到啟德機場去接機，同去的另有一人，我忘了是誰，好像是黃德偉老師。楊牧挽著簡單的行李，穿著涼鞋，在的士裡好奇地張望，指著獅子山說：香港，原來也有山。他就住在黃教授的住所。黃德偉曾是臺灣僑生，留臺時曾辦詩社，出過詩集，跟許多臺灣詩人認識。他跟楊牧相熟，倒是在美國念書的關係。記得余光中在中大教書時一次到港大演講，同一時間美國黑山派詩人Robert Creely則在另一邊應港大比較文學系之邀講詩，由黃德偉接待，黃要我在講座後把余詩人請到他的住所，讓這兩位中西大詩人碰頭。當年在港大，我曾上黃教授巴洛克（Baroque）的課，那是他的博士論文的課題，他回港任教不久，那時還只是講師。也許見我對寫詩讀詩充滿熱情，又參與編輯刊物，有什麼新鮮物事，往往囑我作陪。當晚兩位詩人談了什麼，今已朦朧，只記得Robert Creely讀了自己的作品，他左眼失明，高高瘦瘦，像海盜船長，而且不停喝酒。余光中則讀了《離騷》起首一段，不，是吟唱。余光中原本不大願意來，說，Black Mountain Poets我認識他們，多於他們認識我們，他對我有什麼益處呢？他說得對，至少對了一半。當晚我送Creely回酒店，他其實已醉昏昏了。到了酒店仍要到酒吧去，居然問我，剛才唱歌的little chap（小個子）是誰。

如今余光中、Creely都已離世，楊牧也走了。但詩，好的詩，是會叫我們記得的。

告訴我，甚麼叫做記憶
如你曾在死亡的甜蜜中迷失自己
甚麼叫記憶——如你熄去一盞燈
把自己埋葬在永恆的黑暗裏

——楊牧〈給時間〉

楊牧演講後當晚，在黃德偉家中另有盛會，余光中、胡菊人、戴天、胡金銓、西西、鍾玲、也斯、吳煦斌等人；我則敬陪末席。當時港報上頗有人質疑責難現代詩，不知是誰的主意，這個聚會有一主題：為現代詩申辯，主角是楊牧和余光中，由他倆回答其他人對現代詩的種種設疑。後來談話的紀錄還發表在《明報月刊》上，總題叫〈現代詩的理論和創作〉，這種隨興發揮，題目未免大了些。所以見解尋常，因為道理明白淺顯，今天當然已無庸爭辯了，但四十多年前，香港現代詩作的整個氛圍，還遠遠滯後於臺灣。事實上，紀錄發表之後，縱有批評，套一句說，也是「人民矛盾」，而非「敵我矛盾」了。當年的楊牧，三十六歲，真是風華方茂，已是臺港文學界閃耀的明星了。他在黃宅才放下行李，馬上抓起電話，恭敬地說話。說完了，告訴我：我的老師，徐復觀。

然後，一九九一年楊牧約聘為香港科技大學教授，初時太太夏盈盈沒有同來，據鄭樹森教授說，他可以半年沒走出清水灣的校院。其間只兩、三次邀素葉的朋友到科大附近飯聚。科大初建，由於設施先進、華麗，加上通脹，令興建工程嚴重超支，被批評為「勞斯萊斯大學」。如今想來，這比起後來許多的大白象工程，小菜一碟而已。而且，我以為這是大學，先進、華麗，凡事講投資的香港人應該知道，這是最佳的投資。楊牧的學人宿舍環境甚佳，可以俯瞰大半個清水灣。坐在他的靠窗的客廳裡，他說，這是奇怪的設計，坐下，前面的橫窗芯擋了你的視線，站起來，又被另一條擋著了。

偶爾，他終於也會走出清水灣，到市內的書店去，這時候，我想像他的心情，是否有點像探險？這一年的炎夏。我就在佐敦的中華書店遇見他。他說店裡每一本文史哲的書，曾逐本逐本的翻看。走出書外，旁邊的餐室有一個很好的名字：大文豪，他說，我們喝啤酒去。各灌了一杯，精神回復，他問我一些香港的人事，某某詩人何以這麼奇怪，遇到臺灣訪客，尤其是編輯，就會說香港作家這個不行，那個不好，臺灣副刊不必刊用云云。我當然無言以對。我提議帶他就近逛逛廟街的攤檔。

我們從攤檔頭逛到攤檔尾，他很高興，他說會告訴太太，做了一件了不起的事，買了三件襯衫，只花一百港元。後來，他把襯衫都送了人。

在科大任教期間，張灼祥曾邀他到拔萃書院飯敘，這是香港著名寄宿中學，孫中山早年曾在此讀書，張當時任校長，並兼任香港電臺讀書節目的主持，楊牧也曾接受電臺的訪問。此外，或出席學術研討會，或為文學獎評審，他留港好幾年，看來寧恬、安靜，並不高調張揚，一種學者、詩人作家的生活。而這也正是素葉朋友的脾性，難怪物以類聚。

我們一群朋友編輯的《素葉文學》，算起來臺灣海外名家之作，出現最多的就是楊牧，他許多作品在臺灣發表之餘，往往通過鄭樹森轉交我們。聽說洪範的書頁介紹，多出自他的手筆，西西的許多本書，他都是先讀了，然後以數百字，勾勒出書的大要，卻又保留想像的餘裕，本身就是優美的文評小品。他讀了西西的《飛氈》序文，立即寫一信給西西，輾轉徵引，仍極神彩，西西建議刊於《素葉文學》，今之香港年輕讀者包括臺灣，不易看到，茲錄於後：

「氈」的補注——給西西的信

西西：

今天才收到大作《飛氈》自臺北寄到，這幾天必須完整地拜讀，想必定是精采深刻之作。剛收到，忍不住先看卷首之序，對你之能將一件平凡事說得頭頭是道，興味盎然，實覺十分欽佩。關於氍毹，你引岑參詩「織成壁衣花氍毹」，推斷邊塞之地掛它在壁上；關於氈，則引杜甫「遙憶舊青氈」，推斷它是禦寒物（不是掛在壁上）。這當然沒有疑問。惟北宋王安石〈明妃曲〉有句：「家人萬里傳消息，好在氈城莫相憶。」用的卻是「氈」字，可見氈在邊塞也掛得，或者說邊塞掛牆上的也可稱氈。王安石用典出《漢書．西域傳》：「穹廬為室兮旃為牆。」而「旃」與「氈」音義同。旃字也可以「說」一下，因為你的大文第二段實已提及「毛相著旃旃然也」為氈，甚有趣，因為此字本也指旗，說不定二者竟有關係乎？（其實若大作書名為《飛旃》，我反而很覺會心而不以為忤也。一笑。）若杜詩「遙憶舊青氈」典出《晉書．王羲之傳》，王獻之謂盜曰：「青氈我家舊物，可特置之。」意思是請小偷

「手下留情」，不要拿那青氈（你說青氈可襯書大字，對我是一大發現），「置」字解作「赦免」、「告饒」之意，因為是祖上傳下來的值得驕傲的小東西，特別請小偷別動，其他東西愛怎麼拿就怎麼拿吧！因為典故如此，我覺得杜甫所回想的「舊青氈」，其實並不是窮等人家的禦寒物。按杜作此詩猶在青年，前此不第，心裏有點「悶」（用廣東話說），陪北地一小官遊南池，不免就想自報身世，表示其不平凡，所以用「青氈」典故。杜甫先祖杜預，世代輩洛望族。這裏的「舊青氈」應是相當於東晉王氏的「我家舊物」，為唐代以來杜氏祖傳的任何舊物，氈只是借用比喻耳。

讀大作，見獵心喜，艸此補注短札，聊供一哂也。

耑此不一，順頌

暑祺

楊牧上

一九九六年六月二十五日

信中有一句「其他東西愛怎麼拿就怎麼拿吧！」我特別醒目，連忙翻查舊刊，因為句末用了一個感歎號，楊牧是絕少甚至根本不用感歎號的，例如整本《山風海雨》到最後寫到地震，才用上兩個感歎號。西西也是一樣。這反映其人其文，總是淡定、從容，對文學藝術一貫誠懇而自信。

——二〇二〇年四月，刊登於《印刻文學生活誌》

這一切都是真實的

何國忠

馬來西亞
前副高等教育
部長

這一切都是真實的，蘆葦花
如此，容許它在鐵路橋下飛奔
過車聲和心血的脈搏
凝重跌宕，不是異邦的白雲
它閃過你學習認識的眼睛
復停留在磊落鏗鏘的記憶

這是楊牧〈這一切都是真實的〉中的詩句。兒子出世不久，他的心情似乎不錯，「這時庭院逐漸轉綠，新葉萌發，雀鳥紛紛來集，我彷彿又聽到一片頌讚的聲音，文藝復興詩人最準確婉轉的商籟體，乃寫『出發』十四首，在白晝，在黑夜，描摹記錄著那聲音和面貌，未曾一日稍停。」楊牧在《海岸七疊》的後記中交代了成詩的經過。

楊牧於二〇二〇年三月十三日下午在臺北去世，享年八十歲。消息傳出，社交媒體出現的悼念文字此起彼落。楊牧的作品為現代文學製造更多美感，他探索實驗，將人生的體驗和方塊字的藝術結合得完美無缺。

楊牧在〈紀念朱橋〉提到《幼獅文藝》編輯朱橋在他的信中坦然相告：「床頭總是擺著一本《葉珊散文集》，夜裡煩悶輒對著燈光念他。」我十七歲時讀這句話，沒有想到四十年過去，於我一樣可引用成經驗之談。楊牧的作品比葉珊時期多了許多，我步步追蹤，從沒放過。幾十年來我因為工作關係，所讀的書不只文學一域，床頭書不停更換。我喜歡的作家不少，但重讀的閒適書籍仍是以楊牧和董橋的作品居多，一些書讀後確有緩解多慮心情之效。

上個世紀六〇年代及七〇年代，馬來西亞出現不少小葉珊，模仿葉珊的年輕作者比比皆是。當原名王靖獻的葉珊將筆名改為楊牧後，讀者知道他已往人生新階段走去，想模仿的人只能從局部著手，即便如楊牧一樣用功，也未必有他那樣全方位的才華和際遇。筆名改了以後，楊牧的志向更加明確穩定。他關懷的事物寬廣，創作有規劃，循序漸進的反省和成果，讓人驚歎且感動。此時楊牧加了一個學者身分，擁抱多元之際，始終能在入世和超越，古典和現代，東方與西方，理性和感性之間找到平衡點。

我初讀楊牧的作品是在上個世紀七〇年代末期，他的詩、散文及評論早受到文壇認可。他的散文和評論如出一轍，餘音繚繞處不輸其詩，下筆字字推敲，每一句每一段都重視語言的起承轉合。能將白話文用得如此純熟且附有音樂性，文學史自然會記上堅實一筆。

二〇〇〇年底楊牧第一次到吉隆坡。在《星洲日報》的講座上，他提到在上個世紀五〇年代，未進大學時，《蕉風月刊》轉載他的創作並賜予報酬，他從沒想過寫現代詩也有稿費可拿，這是當時臺灣不可能出現的事。《星洲日報》副刊組的一位朋友在楊牧講座結束後特別介紹我，似乎還和他合了影，只是照片不知放在何處，這是我唯一和他近距離的接觸，純粹是作者和讀者的關係，仿若擦肩而過，但是楊牧留給我的印象是不錯的，人和文沒有落差。

二〇〇八年以後的好幾年，我因馬臺文憑互認和當時的馬來西亞留臺校友會聯總姚迪剛到臺數次，訪問不少大學，結交不少新朋友，其中東海大學校友聯絡室的蔡家幸還特別在二〇一二年將楊牧簽名的兩本書送給我。另外與我交談甚歡的趙涵㨗校長，也邀請我到花蓮東華大學訪問。楊牧在東華大學留下不少痕跡和回憶，趙校長說我若成行，必有收穫。趙校長又說他和楊牧的家人頗熟，或可安排見面等等。

這些朋友都知道我從來沒有停止閱讀楊牧的作品。

人生的一切都得讓緣分決定，我沒有機會成為楊牧的學生，也沒有機會和他在臺灣一遇，但是楊牧卻讓我在孤單的中學生涯中感受到文學的意義。享受文字跌宕起伏的喜悅之餘，我仰望楊牧，知道自己過後進入馬大中文系，和他無意中所提供的精神昇華息息相關。我的人生沒有誤入歧途，敬業樂業，文學真善美的啟發是重要的因素。

楊牧是我人生該感激的人之一。

楊牧在《瓶中稿》自序說航海的人遇難，把要緊的話寫在紙上，密封在乾燥的瓶子裡，往大海拋擲，希望有人拾到。「瓶中藏字，也不見得非全是求救信號不可。我設想，天下自有一種憤世嫉俗的君子人物，苦心懷晨風，局促傷蟋蟀，子夜不眠，寫些感慨美刺的文章，尋一乾燥的瓶子密而封之，長擲入海，任其漂流，但願天涯海角，茫茫宇宙，有人碰上他的瓶子，長跪讀其尺素之書，與他同掬一把傷逝憂時之淚。」我是一位偶然拾到瓶中稿的少年，如今年齡已過半百，知道這一切都是真實的：「它閃過你學習認識的眼睛，復停留在磊落鏗鏘的記憶。」

——二〇二〇年四月一日，刊登於《星洲日報》副刊

帽子

衣若芬

新加坡
南洋理工大學
人文學院
中文系副教授

楊牧老師乘著他的詩〈雲舟〉在師母的朗讀聲中游走了。詩人，還戴著那頂帽子嗎？雨收，雲散。

詩人站起來
走出了一段搖晃的絕句
穿過泥濘的南方之港
在雨收雲散之際
戴上了他的帽子
被砍下頭顱的瑪麗皇后們

赤身跪於
水光中
再也看不見自己的影子
那麼
就讓鷺鷥的青眼
凌空盤旋
回望欄杆曲折處
戴上帽子的詩人

那年，楊牧老師從中央研究院文哲所榮退，久未寫詩的我，班門弄斧寫了這首我稱為「雜句」的〈帽子〉送別。他經常戴著一頂卡其色的漁夫帽，乘坐同事的車，遺忘在車裡。聚餐結束，我們陪他在一樓大廳聊天，師母幫他去地下停車場取帽子，他不喜歡電梯和地下室之類的密閉感。

他向來寬宏，對年輕的寫作者多所鼓勵提攜，但那年的我，已經不是文藝少女；我們在學術機構工作，他是我的主管，得到他回覆說：「你應該多寫，很好啊！」我壓抑創作的心，瞬間崩潰。知道有人，而且是你敬仰的人，把你的寫作當一回事。

從楊牧先生、王（靖獻）所長，到楊牧老師，和他認識的三個階段，三十多年，不變的是對文學的堅持。

第一次見面的日期和內容清楚記載在我主編的臺大中文系班刊《風簷》——一九八四年三月二十一日，我和來自馬來西亞的慧華、來自香港的俊強一起去楊牧先生的研究室採訪。剛過完半年新鮮人生活，我們對文學創作的憧憬被他點明：詩人下筆要冷靜清醒，才能有好的結構，表達出複雜的情感。「只求在創作過程中有一點啟發性的成績讓別人也撿起來共同努力。」他這樣期許文學的樂土。

二〇〇四年，我榮獲中央研究院年輕學者研究著作獎，王所長主持我的研究成果發表會。他的開場白直指我的講題意趣——「瀟湘八景之畫意與詩情」，「詩情畫意」是一個俗套的詞，把「詩情」和「畫意」前後對調，「畫意」和「詩情」就有了靈性。結束時，他呼應了我談的山水與禪意，世間萬象空幻，藝術家卻要極力描摹，讓我們相信那是真的，他笑說：「所以詩人都是騙子！」

對文字的敏銳是詩人的天性，在學術寫作上一以貫之，他的演講「武宿夜前後」讓我見識到文學創作和學術研究的抗衡及和解。他研究敘述武王伐紂的偽古文《尚書．武成》，既然已經知道〈武成〉是後人編織的欺騙東西，再殫精竭慮去考證文獻，豈不荒謬？他用反英雄的〈武宿夜組曲〉詩作，逆取英雄題材，思量著準備上戰場的士兵們的心理狀態。我想，詩人和史家沒有哪一方能否認騙子的角色，故事可能虛構，戰爭的「血流漂杵」可能誇張，好大喜功、貪生怕死卻是真實的人性。

我到新加坡南洋理工大學任教時，便曉得楊牧老師是中文系的國際顧問。二〇一四年，我主持「臺灣文化光點計畫」，介紹余光中、鄭愁予等詩人，想邀請楊牧老師來新加坡。他說：「新加坡我只認識你啊！」沒去過新加坡，就在馬來西亞新山（Johor Bahru）遠遠遙望過。他把電話轉給師母，師母說好，勸勸他，又說你知道老師不愛動。過了幾天，我再詢問，老師說：「以後吧。」

隔年，我還是舉辦了楊牧詩歌欣賞會，放映他的紀錄片《朝向一首詩的完成》。我說這次沒請到楊牧老師來，下次我再試試。

下次？下次是什麼時候呢？楊牧老師乘著他的詩〈雲舟〉在師母的朗讀聲中游走了。詩人，還戴著那頂帽子嗎？雨收，雲散。

——二〇二〇年三月二十八日，刊登於聯合早報

從七疊海岸到清水灣

——記讀楊牧詩

鍾國強

香港作家

楊牧辭世。想來自我寫詩以來影響我比較大的詩人，都陸續離開了，他是最後一個。

記得與楊牧見過一面，那是很多年前一個在香港舉行的講座上。他語調低沉，緩慢，不苟言笑，但我還是很耐心地聆聽他的每一句話，印證所讀過的詩，覺得詩人表現，恰如他本應有的樣子，不以討好別人為事。

我讀楊牧詩，始於《瓶中稿》及《北斗行》，及至讀他八十年代接連推出的三本詩集：《海岸七疊》、《禁忌的遊戲》和《有人》，他始為我寫詩的追摹對象。當中的〈有人問我公理和正義的問題〉，尤其教人驚豔。楊牧詩鮮有如此慷慨淋漓，論理與抒情並舉，內心不斷交相詰問之筆，所以讀來不禁正襟動容，許為楊牧最好的詩。

這種「對事實是非的關懷，寓批判和規勸於文字指涉與聲韻跌宕之中」（見詩集後記〈詩為人而作〉）的詩，不僅在當時，即在日後楊牧的詩集中，亦不多見。

其實《有人》應該還收有一首詩，那就是成稿於一九八〇年三月的〈悲歌為林義雄作〉[1]：

⊙一

逝去的不祇是母親和女兒
大地祥和，歲月的承諾
眼淚深深湧溢三代不冷的血
在一個猜疑暗淡的中午
告別了愛，慈善，和期待

逝去，逝去的世人和野獸
光明和黑暗，紀律和小刀
協調和爆破間可憐的
差距。風雨在宜蘭外海嚎啕

掃過我們淺淺的夢和毅力

逝去的是夢，不是毅力
在風雨驚濤中沖激翻騰
不能面對飛揚的愚昧狂妄
和殘酷，乃省視惶惶扭曲的
街市，掩面飲泣的鄉土
逝去，逝去的是年代的脈絡
稀薄微亡，割裂，綳斷
童年如民歌一般拋棄在地上
上一代太苦，下一代不能

1 此詩初刊於一九八〇年九月出版的《八方》第三輯，因政治原因，不見於臺灣刊物，也沒有收進楊牧八〇年代出版的三本結集（《禁忌的遊戲》、《海岸七疊》和《有人》）裡。其後此詩終於收進一九九五年十月出版的《楊牧詩集II》，歸入《有人》項下。

比這一代比這一代更苦更苦

⊙二

大雨在宜蘭外海嚎啕
日光稀薄斜照顫抖的丘陵
北風在山谷中嗚咽，知識的
磐石粉碎冷澗，文字和語言
同樣脆弱。我們默默祈求
請子夜的寒星拭乾眼淚
搭建一座堅固的橋梁，讓
憂慮的母親和害怕的女兒
離開城市和塵埃，接引
她們（母親和女兒）回歸
多水澤和稻米的平原故鄉

回歸多水澤和稻米的平原故鄉
回歸平原，保護她們永遠的
多水澤和稻米的平原故鄉
回歸多水澤和稻米的
回歸我們永遠的
平原故鄉。

這首於林宅血案發生後不久即寫成的詩，可以看出楊牧的心神貫注處，河水與沙石俱下，猛厲慷慨處不假曲筆婉辭。這在楊牧講究而委婉幽微的詩藝中，確是出格之章。《海岸七疊》後記〈詩餘〉中對此曾有這樣的記述：「幾天來報上正在大篇幅刊登高雄事件的審判消息和辯論，我曾經對著微茫的北極光，不能自制地為一個事件的發生而放聲痛哭。」狂歌可以當哭，楊牧詩也曾經如此。

然而，像〈悲歌為林義雄作〉這樣因事狂歌當哭，或像〈有人問我公理和正義的問題〉約略委婉卻對當前大是大非不避詰問的詩，在楊牧後來偏向書齋式玄想的詩集裡還是讓人有點失望地罕見；即便有，也如〈失落的指環〉（收於《涉事》）一類的詩，目光都放在異域裡去。

或許，這是楊牧掙扎猶豫後的結果。記得他在《一首詩的完成》裡說過：「這些年來，我無時不在思索這問題。誠實地說，這其中並非沒有兩難之難：藝術求長遠廣博，希望放諸四海皆準，社會參與要快速把握時效，這個地方的大事可能是全世界其他地方的小事，倏忽囂張，為這目的所作的詩效用當然也很短暫，與『永恆』無緣。」

我們當然不能因此強求楊牧。正如他在《北斗行》後記中也說過：「有人曾要求愛爾蘭詩人葉慈寫政治掛帥的詩，葉慈拒絕。有人因此譴責葉慈，但他們也知道葉慈在他那風暴的時代，曾經寫過〈一九一六年復活節〉（Easter，一九一六）和〈一名政治犯〉（On a Political Prisoner）之類的詩，那是他自動的參予介入，詩是他抗議的工具，人格的延伸……」對楊牧來說，詩固可「干氣象」，但也可以單單是追求詩的自身，「詩本身也是一種氣象」。

性情與責任，藝術與良心，其中平衡分際，我們都可在楊牧多年來歷歷的思考與多方求變的實踐中見出端倪，楊牧也以此穩步前行，開出只此一家的詩風；而楊牧，也是臺灣成名詩人中一直保持高水平的極少數之一。然而，有時我還是不禁另外想像：若楊牧能以〈有人問我公理和正義的問題〉這樣的詩為基礎，繼續在這方面開拓深耕，是不是可以為他的詩開創出更為廣大，更為深刻，也更有血有肉的空間呢？

楊牧曾在九十年代初居港，任教於香港科技大學，並主持創院工作。那幾年間，幾乎沒有怎樣讀過他寫香港的詩。及至讀《時光命題》裡面開首的幾首詩，才知道他寫過清水灣[2]：

甚麼事情發生著彷彿又是知道
海水潮汐如恆肯定我知道
這個世界幾乎一個理想主義者都
沒有了，縱然太陽照樣升起。我說
二十一世紀只會比
這即將逝去的舊世紀更壞我以滿懷全部的
幻滅向你保證

——〈樓上暮〉

是時，當是楊牧精神為之悲觀失落之時；來臨的新世紀，在楊牧心目中，不會變得更好。

2 香港科技大學面臨清水灣。《時光命題》寫過清水灣的詩，除〈樓上暮〉外，還有〈心之鷹〉、〈島〉、〈一定的海〉、〈致天使〉、〈十二月十日辭清水灣〉、〈故事〉等。

而當時，也正值香港步入中國這新殖民主的「懷抱」之時，楊牧居港，筆下卻除了這種失落情緒氛圍與清水灣山光海影交相渲染外，並不見有任何指涉。翻檢眾詩，這時期也不見楊牧的詩與香港問題以至民間生活有任何交集[3]；於楊牧而言，這或是出於自然，詩人不必一定要「自動參與介入」，但於我，卻始終不無一種納悶的感覺。

有時想，若楊牧二〇一九年間居港，又會怎樣呢？

——二〇二〇年三月十九日稿

轉載自香港文學評論學會開設之「文學香港」

3 這時期楊牧寫香港的散文，如〈亭午之鷹〉〈呼應為詩，則乃〈心之鷹〉〉，也止於寫清水灣半隱式的學者生活，寓眼前景物（如停駐的鷹）以象徵，以示一種孤傲凜然，從容自高的精神境域。

瓶中又稿

——紀念楊牧先生

陳智德

香港教育大學
文學及文化學系
副教授

歷史到了新的二〇年代，一個虛怯而區隔分歧時代，比人們更脆弱。對楊牧那一代作家而言，時代處處是暴力和專橫，《山風海雨》中的〈一些假的和真的禁忌〉和〈詩的端倪〉等文，寫出年輕初啟的詩心，如何在壓抑和禁忌中成長，仍不肯放棄那遠山渺茫的神祕理念，肉眼不見但從未真正消失。在《昔我往矣》，他說：「年代如此肅殺」，那初啟的詩心卻成長得更快，開始自信且執著於詩。

一九八〇年代相對平靜，但有點沉悶而虛假，我自楊牧《文學的源流》中〈現代詩的臺灣源流〉一文，得悉臺灣現代詩在我已知的領域以外，尚有更深邃歷史，又自《傳統的與現代的》，讀到他懷念陳世驤的文章，我再回頭讀《文學的源流》中悼念徐復觀之文，彷彿一種抗衡時代的精神貫串，教我仰慕那詩歌與文學研究的境地。也許楊牧予我最早的影響在於散文，但真正啟導我心的，還是他的詩作，難忘中五結業暑假，讀到長詩〈有人問我公理和正義的問題〉，著迷於那敏銳、跌宕而焦慮的敘事體，我甚至把全詩影印附在週記簿裡，向一位對新詩頗有意見的國文老師兼班主任反向地推介楊牧，老師給我頗長回覆，提及他一九六〇年代就讀臺大中文系期間結識許多詩人，最後對我說：「楊牧這首詩我讀了，我喜歡，這種詩我是懂的。」

那時我已開始寫詩，投稿到不同刊物，但我真不敢想像，我是否能寫出「這種詩」，向詭變時代詢問有關公理和正義的問題，並且「於冷肅尖銳的語氣中流露狂熱和絕望」。我開始盡可能蒐集楊牧一切著作，除了洪範版的多種詩集和文集，尚從舊書店找到文星叢刊版的《葉珊散文集》和《燈船》，以及志文出版社新潮叢書版《傳說》。楊牧多種作品結合給我的印象，是純美、富思辯而踏實，詩作善用跨行句創制節奏和音節，不賣弄押韻而有強烈的音樂感，我特別留意他的十四行詩，謹守知性沉思本色，同時在可行範圍內變化句式以創制新節奏，使我特別入迷，而在內容上，我第一次知道臺灣有地方叫花蓮是透過〈瓶中稿〉，帶點鄉愁卻是連繫「彼岸此岸」的花蓮，詩句圍繞花蓮的地方特質又把它引向更廣闊的超越，而《山風海雨》中的花蓮則既神祕又純美，教我相信，人世間確有一處純境，漸渺漸褪但從未真正消失。

至於楊牧和他的詩，相信以近似的詩質，在這新的二十一世紀二〇年代開端，自我昇華而去。我甚懷念的也斯老師，七年前同樣歸於詩的純境，我想起〈瓶中稿〉中那「彼岸此岸」的連繫，那每一片無形的波浪，會是對於花蓮，對於香港，都是一種開始，是以，這裡有我向楊牧致敬的十四行：

瓶中十四行——致楊牧

不知那彼岸此岸
可有你懷念的陳世驤
一九三〇年代京派北平
六〇年代學運柏克萊
是否同處一個塵世？
但知喧嚷中幾番倜儻

都從你深靜的花蓮開始
不知那彼岸此岸
如何教你耿介蘊藉詩才

竟闖進幻彩詭譎香江
幸有一域清水灣迴盪近岸鳥語
回應你更深邃的山風海雨

或許紛亂中幾番憂世抒情
仍自你幽澹的花蓮超越

時間飛快到了一九九〇年代初，楊牧應聘到位於清水灣的香港科技大學人文學部任教，我則跌跌撞撞闖進《葉珊散文集》一再描劃的大度山，每晚從相思林邊的圖書館夜讀至關門，走二十分鐘路程，沿文理大道穿越文學院至外文系館旁邊小徑，經幽森荒寂女鬼橋回到喧嚷如另一國度的宿舍，當經過外文系館，總想像青年葉珊的身影，至少凝望過同一座教堂。大二那年暑假，我回港在香港公共圖書館的文學月會活動上，聽楊牧演講，記得他最後把話題從科大校園環境的感想，連結提到年輕時在大學與學友乘車往臺中市遊玩，至晚間無車，遂沿臺中港路清歌迷步而行，至清晨才抵達校門口。我想告訴他，也許時代有異，也許經驗斷裂，臺中港路好幾處近乎荒野的路段，與想像中的詩境已大有不同，或許「彼岸此岸」般的連繫，我仍竭力以詩的想像實現，但知現實自有拒絕一切想像的前因。

難道這也是某種「一些假的和真的禁忌」？或如楊牧在《一首詩的完成》所言：「我們說詩是人生的真實，詩也是人生的虛幻。」另一次再見到楊牧，已是二〇一一年「他們在島嶼寫作」系列紀錄片放映會後，在油麻地kubrick書店附近一家茶室送他一本我自己的散文集《抗世詩話》，他則在我攜往的一九六六年文星叢刊版《燈船》的扉頁上，簽上「楊牧」二字。

是的，就是「楊牧」二字及其代表的臺灣現代詩，自少年時代拍擊我浪蕩的心，自此飄揚不知何往。歷史到了新的二十一世紀二〇年代，虛怯而區隔分歧，時代確比人間脆弱，但可否不必多言？再無虞乎人生或時代的真幻，詩真也好，詩幻也罷，仍堅持相信《山風海雨》竭力越過壓抑和禁忌而閃現的純境，永作「彼岸此岸」的連繫，肉眼不見但從未真正消失。謹此向楊牧致無邊敬意。

——二〇二〇年五月二十一日，刊登於虛詞（P-articles）

楊牧傳奇論稿

鄭政恒

《聲韻詩刊》
評論編輯

⊙ 廣博的文學心靈

先看看四段引文。

「……他繼承古典傳統的精華，吸收外國文化的神髓，兼容並包，體驗現實，以文言的雅約以及外語的新奇，和白話語體相結合，創製生動有效的新字彙和新語法，重視文理的結構，文氣的均勻，和文采的彬蔚，為二十世紀的新散文刻劃出再生的風貌……」這是楊牧〈周作人論〉開首的節錄，但文中的「他」，與楊牧個人的散文風格，幾乎通約而不差毫釐。

「……以『我』作文，有我始有你，把握晤面，以愛心和信仰與你交接目成，互相激盪，撼動，溝通，並且提升。」這是楊牧筆下，許地山整體散文風格給我們的啟示，錄自《許地山散文選》。而楊牧的散文，也給我們恰恰不多也不少的觀照印象。

「所有的作品都指向人生社會的同情和諒解，以赤子之心固定地支持著他的想像力和認識。他思考宇宙的奧祕，生命的本質，生活的趣味，社會的心理……」楊牧〈禮讚豐子愷〉的讚辭，直抵豐子愷文章的整全面目，也貫穿楊牧的作品全貌。

最後第四段引文如下：

「……理想和關懷都顯然強烈，並且貫穿了他整個創作的生涯。詩人嚮往崇高和永恆，同時又介入平凡的悲歡人生，正是一個新時代有勇氣有擔當的藝術家……」這是楊牧為《徐志摩詩選》所寫的導論〈徐志摩的浪漫主義〉其中一句，文中的「詩人」和「藝術家」，當然是指徐志摩，但楊牧本人也完全當之無愧。

值得深思的是，楊牧以一己之身，可以包羅周作人、許地山、豐子愷與徐志摩四人的風格與人格核心，正是因為楊牧擴張的廣大心靈，包攬著文學的輝煌星空。

楊牧以詩、散文、評論和翻譯見長，其中以詩藝最見個性風采。

⊙ 葉珊的傳說

一九四〇年出生的楊牧，早年以葉珊為筆名，自成一個創作時期。他二十歲時就由藍星詩社出版了第一本詩集《水之湄》（一九六〇），繼而有《花季》（一九六三）、《燈船》（一九六六）和《傳說》（一九七一）。

楊牧早年師法英國浪漫主義詩人濟慈（John Keats），並讀《葉珊散文集》（一九六六）或《楊牧自選集》（一九七五），可知浪漫精神如何充盈於楊牧的心智，其核心為自然的悸動，以「美」為一切的法則。

一九六六至一九七一這五年間，楊牧從愛荷華大學（The University of Iowa）詩創作班獲藝術碩士，一九六六年赴柏克萊加州大學（University of California, Berkeley）比較文學系，跟隨陳世驤先生修讀博士學位，專治《詩經》，至一九七一年完成論文 *The Bell and the Drum: *Shih Ching* as Formulaic Poetry in an Oral Tradition*（《鐘鼓集——毛詩成語創作考》）。是年出版的詩集《傳說》，呈現出詩人的變化動向，而《傳說》正是葉珊時期最後一本詩集。

從《燈船》到《傳說》，正好映照詩人從浪漫精神移至古典精神，自然的悸動轉入更深廣的抒情傳統，《傳說》的佳作如〈延陵季子掛劍〉、〈續韓愈七言古詩〈山石〉〉、〈武宿夜組曲〉

都古意充盈，而〈十二星象練習曲〉出入東西天文世界，尤見詩人不再任憑靈感帶動筆意，而多了知性的構作和運思。〈十二星象練習曲〉不單收於詩集《傳說》，也見於第二本散文集《年輪》（一九七六）的〈柏克萊〉一輯尾梢。

越戰和學運時代的愛與死、生命與屠殺，以至戰爭與和平的對峙，只要比讀《傳說》與《年輪》二冊，通盤反覆來看，要旨或更顯分明。按此道理而往，讀楊牧，手邊或需有一年表作參照，同期詩集與散文對讀，甚至詩集與評論文章共讀，所得或更佳。

⊙ 生命的真實：楊牧時期

一九七二年，葉珊時期的盡頭，下開楊牧時期。散文集《年輪》確是分水嶺，他在後記中說：「變不是一件容易的事，然而不變即是死亡，變是一種痛苦的經驗，但痛苦也是生命的真實。」

楊牧時期的第一本詩集是《瓶中稿》（一九七五），這本詩集盡見詩人的狀態拾級升華，《瓶中稿》的佳作〈秋祭杜甫〉，據《舊唐書》、《新唐書》及聞一多的《少陵先生年譜會箋》，寫杜甫晚年飄泊流徙，上溯屈原既放，遙祭杜甫衰殘的詩聖心靈：

尋靈均之舊鄉，嗚呼杜公
詩人合當老死於斯，暴卒於斯
我如今仍以牛肉白酒置西向的
窗口，並朗誦一首新詩
嗚呼杜公，哀哉尚饗

楊牧也匯通中西詩心，〈九月二十七日的愛密麗．狄謹遜〉向十九世紀美國女詩人狄謹遜（Emily Dickinson）發話，〈航向愛爾蘭〉與〈愛爾蘭〉二詩都啟迪自大詩人葉慈（William Butler Yeats），而〈林冲夜奔：聲音的戲劇〉呼應傳統劇目，又從《水滸傳》「林教頭風雪山神廟」一回及其回目，拆出「風聲．偶然風、雪混聲」、「山神聲．偶然判官、小鬼混聲」、「林冲聲」、「雪聲．偶然風、雪、山神混聲」四折，聲音、戲劇、古典小說內容和敘事角度，都編配得天衣無縫。

《北斗行》（一九七八）中的名作是〈孤獨〉，此詩優點和小疵，羅青《從徐志摩到余光中》一書已有文章討論，在此無庸置喙。《北斗行》第四輯為〈吳鳳——頌詩代序〉，截取自四幕詩劇《吳鳳》（一九七六）的尾聲，吳鳳的事蹟見於楊牧〈偉大的吳鳳〉一文，頌詩與文章另見於散文集《柏克萊精神》(一九七七)。

話說乾隆三十四年，臺灣山地有疫症，番人希望殺人出草，以為祭祀，吳鳳犧牲赴死，以求除去番人的出草之俗。「吳鳳神話」已隨時代變遷而為人所遺棄，但楊牧用詩劇刻劃出理想人格和犧牲精神，借此充實華文文學的宗教信念、英雄典型和傳奇世界。詩人的初衷還是不廢：

我們這樣靜默地守望著
想與你說話，告訴你
瘟疫已經平息，是你是血
洗淨這閃光的大地——
金針花，檳榔果，衣飾鈴鐺
杵臼聲聲是新米。你會歡喜的
啊吳鳳，你會歡喜知道我們
在佳冬樹下深埋一塊磐石
我們把兩手張開如半月
表示期待愛的團圓

我們把兩手張開
我們期待
我們愛

一九八〇年，楊牧一口氣出版了《禁忌的遊戲》和《海岸七疊》。《禁忌的遊戲》的點題之作，取道於西班牙詩人羅爾卡（Federico García Lorca），又如詩集後記〈詩的自由與限制〉點明，是指向愛情、革命、偏見、迫害、死亡。《海岸七疊》以生命和家庭為依歸，這一時期，楊牧與夏盈盈女士結婚，兒子出生。〈海岸七疊〉與〈花蓮〉二詩，寫下了期盼和深情。

⊙詩是堅持，不是妥協

《禁忌的遊戲》的深思和《海岸七疊》的深情，匯聚於楊牧的代表詩集《有人》（一九八六）。一九七〇至一九八〇年代之間，臺灣白色恐怖的政府迫害，還是令人窒息。「美麗島事件」和「林宅血案」，都已見酷烈之一鱗半爪。

楊牧詩作的政治關懷，從《傳說》的〈十二星象練習曲〉，以至《瓶中稿》的詩作〈漢城．一九七四．贈許世旭〉（注釋附緣起需另參《柏克萊精神》）和〈波昂．一九七三〉可謂一脈相承，但楊牧的目光還是略為外向，但到了詩集《有人》，詩人淑世介入的人文現實關懷，結合浪漫和古典的文藝精神，文藝高度與社會正義的追求，在此不再此消彼長，而是相得益彰。《有人》的後記〈詩為人而作〉寫得清清楚楚：

我們的表達方式和著眼點在變化，但詩的精神意圖和文化目標，詩對藝術的超越性格之執著，以及它對現實是非的關懷，寓批判和規勸於文字指涉與聲韻跌宕之中，這一切，是不太可能隨政治局面或意識形態去改變的。詩的生命因它內在的演化而常新，剝復自有機運，否極則泰來。因為它兼有參與和超越的力量，是的生命常新。詩是堅持，不是妥協。

《有人》的名作〈有人問我公理和正義的問題〉論者不少，此詩允為二十世紀華文詩歌最理想的精品之一。此詩以敘事為骨架，配合空鏡頭和聲響的電影場面調度，潛入發信人與收信人的心靈自省，以至隔空對話，在此不引錄詩句，也無法節錄詩行，我們手邊需要一冊《有人》或《楊牧詩集II：一九七四～一九八五》（一九九五）又或《楊牧詩選：一九五六～二〇一三》

（二〇一四）。

由於臺灣嘗未解嚴，楊牧同期另一名作〈悲歌為林義雄作〉未收於《有人》，此詩見於香港《八方文藝叢刊》第三輯，另見《楊牧詩集II：一九七四～一九八五》。〈悲歌為林義雄作〉為一九八〇年的「林宅血案」而致哀，組詩兩首，第一首更優異，更深沉，因此致遠：

逝去的不祇是母親和女兒
大地祥和，歲月的承諾
眼淚深深湧溢三代不冷的血
在一個猜疑暗淡的中午
告別了愛，慈善，和期待

逝去，逝去的世人和野獸
光明和黑暗，紀律和小刀
協調和爆破間可憐的
差距。風雨在宜蘭外海嚎啕

掃過我們淺淺的夢和毅力

逝去的是夢，不是毅力
在風雨驚濤中沖激翻騰
不能面對飛揚的愚昧狂妄
和殘酷，乃省視惶惶扭曲的
街市，掩面飲泣的鄉土
逝去，逝去的是年代的脈絡
稀薄微亡，割裂，繃斷
童年如民歌一般拋棄在地上
上一代太苦，下一代不能
比這一代比這一代更苦更苦

《有人》是楊牧詩創作的峰頂，《完整的寓言》（一九九一）、《時光命題》（一九九七）、《涉事》（二〇〇一）、《介殼蟲》（二〇〇六）、《長短歌行》（二〇一三）五冊都難言突圍而出。楊牧自八十年代以降步入散文的豐收時期，《搜索者》（一九八二）、《交流道》（一九八五）、《飛過火山》（一九八七）之後，楊牧以《山風海雨》（一九八七）、《方向歸零》（一九九一）、《昔我往矣》（一九九七）三部，合成文學自傳《奇萊前書》（二〇〇三）。

《奇萊前書》是中年的楊牧重述個人成長歷史，在真確的自剖以外，更是要省思個人的精神史，是以《方向歸零》中，楊牧自言：「我自覺已經領悟了愛與美，粗識神祕象徵，天地的眼神這一切靠近詩的概念。那時我以為我已經能夠把握這些概念，遂放縱地撩撥著幼稚的知性，沉潛到無底的黑暗世界去，不斷在自我試探，磨難著。」這當然是今之視昔的個人造像和時光對話。隨著一九九〇年代臺灣走向自由民主，楊牧也無礙回頭看「標語和口號的時代」。

⊙通三統：楊牧的位置

最後且說一點楊牧的評論及文學地位的定位。

楊牧曾將《傳統的與現代的》（一九七四）、《文學知識》（一九七九）、《文學的源流》（一九八四）的文章增刪重組成《失去的樂土》（二〇〇二），與另一評論集《隱喻與實現》（二〇〇一）先後面世，此時楊牧已步入老年。從二〇〇二年李奭學教授的訪談稿〈楊牧六問〉，或可直抵楊牧評論研究天地的要津。

就我所見，楊牧確是「通三統」的學人，在此「通三統」的意思，是指楊牧接通中國古典傳統、外國文學傳統、中國現代文學傳統三者。楊牧專研先秦詩歌，論及毛詩成語、國風的草木詩學、《詩經》的英雄主義、周文史詩、《離騷》的比喻等等，楊牧從事翻譯，涵泳古典與現代，羅爾卡、葉慈、莎士比亞傳奇劇《暴風雨》（*The Tempest*）和《英詩漢譯集》的譯筆皆見個性，至於中國現代文學傳統，文首的周作人、許地山、豐子愷與徐志摩四例，對楊牧的影響也是歷歷可辨。

楊牧的文學知識與文學創作，相輔而行，俱可化成筆下題材，約略併合，自可引入闡發，例如草木詩學和《海岸七疊》、羅爾卡的《西班牙浪人吟》和《禁忌的遊戲》、英雄主義和《吳鳳》等等。

臺灣有三位頂尖詩人俱已逝去。洛夫為詩評家所額外重視，余光中為大眾讀者所追捧，至於楊牧似乎深得詩人所厚愛，他堪為詩人眼中的大詩人。

如今，我們再展讀楊牧作品，就如仰望輝煌的星象，俯視有人的世界。

——二〇二〇年三月二十二日，刊登於虛詞（P-articles）

輯五·星圖

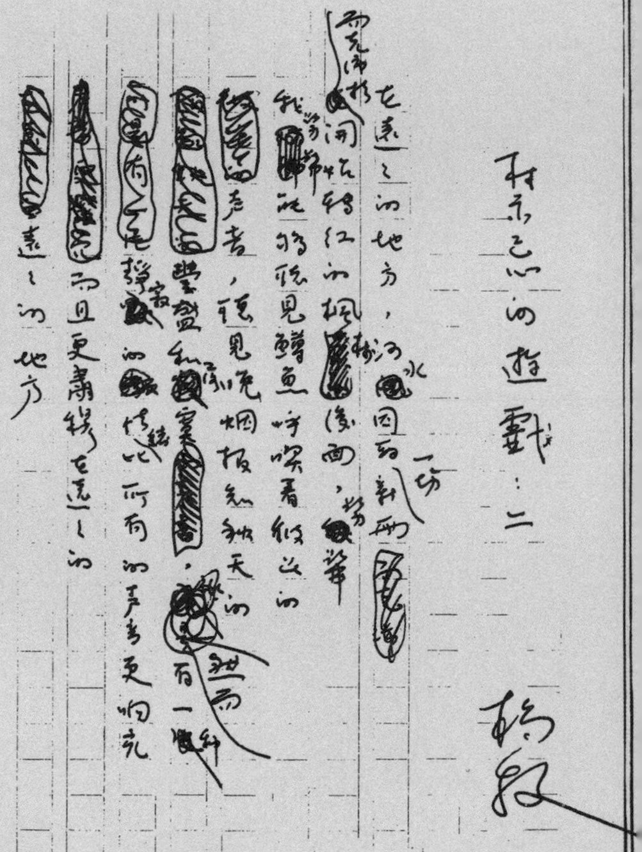

楊牧〈禁忌的遊戲〉手稿。

別了，學長

陳克華

詩人
臺北榮民總醫院
一般眼科主任

我在一九七六年進入花蓮高中，隔年暑假開始寫詩。
而楊牧那時早已是文壇如雷貫耳的一個名字，但在當時的花中卻少有人提起他。
無論老師，教官，圖書館，甚至是校長，都沒提過。
那時國文課本選了他的作品，卻是一篇散文：〈料羅灣的漁舟〉。
直到升高二，國文老師陳東陽擔任班導，才提起楊牧老家在哪。但也僅只一次。
我驚訝的是楊牧老家居然就在我家附近。
那時的教科書裡的新詩教育幾乎等於零，因為想寫詩，自己去「光文社」（當時花蓮唯一像樣的書店）找書，囫圇吞棗讀了幾本詩集，記憶中楊牧是和余光中，鄭愁予，瘂弦同時進入我青春期大量雜食性閱讀的脾胃裡的。

但當時楊牧卻不是最對脾胃的。他的詩對少年的我有一種貴族氣和學院風，對許多人那或許是致命的吸引力，但「文學系中心」的姿態多少有點刺傷我。或許也因為那時我早已立志考醫學院。

就像後來有一次我到清華中文擔任校內文學獎評審，其中有一首通篇在掉書袋，當我指著其中出自《左傳》的幾個從未見過的字問其他評審怎麼唸時，臺下竟然一片哄堂大笑。

就是這樣的感覺。

相較於楊牧，瘂弦、商禽、鄭愁予，甚至後來一起被歸為和我同一代的夏宇、羅智成、楊澤，都更早且更深地成為我模仿和致敬的繆思。

離開花中之後的幾十年，和楊牧的接觸零零星星，偶爾聽詩社前輩談起，無非就是他年少時的一些校園韻事（其中一位後來還成為我的閨蜜），他的嗜酒，以及還是葉珊的他曾經被誤認為是女詩人。而我獨自走在所有詩壇潮流之外，一路寫一路發表一路出版，也以為沒有什麼不當，直到幾年前有人提醒，為什麼你的詩集不是自序就是沒序，為什麼不找人幫你寫個序什麼的？他暗示的就包括楊牧。但畢竟沒有動作。只能歸因除了創作，我天性裡有某種致命的疏懶。

但不管恰不恰當，畢竟被同歸類在「花蓮詩人」，還是有人找上門來。當年「他們在島嶼寫作」劇組在拍攝楊牧紀錄片時，找我去臺大校園唸詩。唸那首經典的〈有人問我正義與公理的問題〉，記得當時同時獲邀的還有楊小濱、鴻鴻。隔年一位久未連繫的香港朋友連絡我，興奮地說他在香港看電影時竟然看到我，在一部有關臺灣詩人的影片一開頭。（另一部則是瘂弦，那時他剛找我開完白內障。影片裡提到我是他的「御醫」。）

而二〇一六年去愛荷華大學國際作家交流，主辦單位一見我臺灣來的詩人，還是提到楊牧。我想：地緣還真是一個不易擺脫的標籤呵……

影片拍攝之後，楊牧曾短暫來看過我的門診。大約是那時便更認真地讀了些他的作品，反覆推敲，還是覺得〈延陵季子掛劍〉是他的巔峰之作。因為楊牧在我眼中就是古代的甚至是秦漢之前的那種「士」，是有點理想化了的士。有些性格有點脾氣，更有些潔癖。無論道德上或是文學創作上的。〈延陵季子掛劍〉在我讀來就是楊牧夫子自道，無怪乎有「最好的文學都是自傳性的」這樣的說法。在門診中我不能免俗送了楊牧幾本我的詩集。後來有人向我耳語，那是白送了，楊牧幾乎從來不看「贈書」的——因為實在收到太多了，教他怎麼消化得完？更何況身為他的眼科醫師，我還千叮嚀萬交代要他眼睛多休息。

而人似乎到了一個年齡，就特別容易回頭看。在楊牧提及花蓮高中（那時是六年）的文章裡，我才真的正視我們共同的少年經驗。那從每一個角度看，窗外永遠是海的高三教室，那永遠誘惑著逃學的低矮圍牆，那太平洋無限廣闊的靛藍呼吸，那沿著東海岸線開通的窄軌小火車，每日按時運來了整個花東縱谷的蕉風椰雨，甘蔗的清香。這些，很難說和楊牧和我當初提筆寫詩的初衷，沒有一絲一毫的關係罷？

記得多年前有一次楊牧和我聊起在花蓮召開花中同學會，他笑得很開心，臉上又彷彿有點窘：「我當時的同班同學，一個個來都是口嚼檳榔，穿著短褲拖鞋……」

是的，沒有人在閱讀楊牧時，會和一位「口嚼檳榔，短褲拖鞋」的中年大叔產生聯想——楊牧是一位真的「士」。滿懷理想，精於修辭，詩藝超群，眼高於頂，一位出生臺灣鄉土卻立足世界文壇的優秀詩人——有這樣的一位秀異同鄉走在詩途前面，做為自己創作的前導和標竿，我不免身感同為「花蓮人」的曲折幽微而緊密牽連的一種幸福感——

「別了，學長！」

——二〇二〇年三月十四日

楊牧老師很美

曾淑美

詩人
資深創意人

楊牧老師人如其文，文如其人，都很美。

我輩文青總在乳房發育、喉結初露時，被他的美所擄獲。我永遠記得十五歲讀〈寄你以薔薇〉的目眩之感：

寄你以薔薇，以櫻花
以一次小小的獨立
影子在影子裏拉長——
　嘆息落向黃昏，落向誰的門檻

好繽紛的開場啊，一口氣揹來西方的薔薇、東方的櫻花，以及獨立的自由精神！還有多愁善感的影子、嘆息、黃昏。〈寄你以薔薇〉出現在楊牧的第一本詩集《水之湄》，和後來的無數傑作比起來並不起眼，甚至沒被收進《楊牧詩選》。但所有少年少女需求的美與叛逆與虛無，這首詩一應俱全。於是一位十七歲詩人寫的少作，時隔二十年，甜蜜而憂愁地敲開了十五歲少女的心。

由詩及人，我和高中文學同伴們好奇作者的模樣，熱切地從報章雜誌尋找照片，交換消息，發現詩人長得相當俊美。楊牧的「美貌」特別讓我們感到安心，因為資淺讀者總期待作者的長相和他的文體風格一致，托爾斯泰該有托爾斯泰的莊嚴，芥川龍之介該有芥川龍之介的神經質，海明威該有海明威的氣魄，楊牧就該有楊牧的優雅。當然誰都知道這種期待很幼稚，和皮膚表層一樣薄弱的膚淺，而且世界上儘多著奇形怪狀的偉大創作者。不過，反過來說，一位具有唯美傾向的浪漫詩人如果剛好長得不錯，的確有助於讀者省去心理調適的困擾。

我上了大學遭遇戀愛苦悶，終於開始寫詩。有時寫著寫著，自己覺得好棒啊，忍不住親手送去給默默心儀的對象。被心儀的人乍讀熱情澎湃的情詩，驚訝多於感動，並不認為詩裡的愛慕和自己有啥關係，更不知如何應付情緒顯然不太穩定的寫詩人，只好落跑了之。我因此累積了多次「失戀」經驗，也累積了一束絕望的詩稿。當時楊牧在臺大外文系二度擔任客座教授，我的大學同學傅士玲住金山南路，說經常在家附近看見楊牧。這麼一來，抽象存在的詩人似乎近在咫尺，我密謀著攜帶詩稿，在詩人經過的路上獻給他。

這個突襲計畫還來不及付諸行動，楊牧在報上發表了〈有人問我公理和正義的問題〉。這首詩感動了許多許多人。許多的我們為騷動的臺灣流淚，為民主犧牲者的付出流淚，為詩人正直卻委婉的叩問流淚，而流淚令人安靜且深思。我帶著這首詩的剪報，回到草屯鄉下老家過暑假，日復一日吟唱披頭四的歌，〈長而蜿蜒的道路〉（The Long And Winding Road）。暑假快結束時，我用鋼筆重新謄寫自己的詩稿，在臺中火車站搭車返校前，把詩稿塞進大信封，從站內郵局掛號寄給報社，指名「楊牧先生收」。

過了半年全無消息，我從期待回音轉為羞愧寄信，再變成選擇性遺忘。我真的忘記了曾經寄出詩稿。一個下雨的春夜，在詩友陳斐雯陽明山上的農舍小屋，我拾起她放在榻榻米上的《聯合文學》，一翻開，是楊牧的文章，開頭寫著「你的信使我喜悅……」。不知為何，我當下立刻意會這是詩人為我而寫的字句，那不言自明的強烈確信，好像閃電正在劈開夜空。往下細讀，果然是他回給我的信，以〈記憶〉為名的一篇極美好的詩論。文章中，為了表達我的詩帶給他的感動，他引用了一小段雪萊的詩：

音樂，當柔和的音籟消滅，
在記憶中飄搖顫動著；
花香，當美麗的紫羅蘭凋萎，
活在她們撥活了的感官裡。

Music, when soft voices die,
Vibrates in the memory;
Odours, when sweet violets sicken,
Live within the sense they quicken.

原來我也可以做個像雪萊一樣的詩人啊！自此之後，雖然從未在學校上過楊牧的課，我心裡認定他是我最重要的老師。這封信後來收錄於《一首詩的完成》，一本對年輕創作者們充滿祝福，對詩和寫作充滿愛情的書。

四十幾歲的楊牧老師風華正茂，比年輕時的濃眉亂髮更美了，尤其一九八六年出版的《有人》，由夏宇拍攝封面照片，老師正在寫作的側面身影簡直令人神魂顛倒。這本詩集於是成為我格外偏愛的詩集。不過，我生性羞怯，再怎麼崇拜、愛慕偶像，也沒有勇氣主動聯絡。第一次寄詩，是因為完全不認識詩人，心裡沒有負擔，一旦認定他是老師，我反而患得患失，唯恐自己是個看起來很蠢的笨學生。

我已經忘記何時被帶到楊牧老師面前，多半是跟著楊澤、羅智成這一眾才氣煥發的詩人，他們是真正的入室弟子。大學畢業後我去陳映真先生的《人間》雜誌工作，和底層混久了，言行越來越豪放。有次見到自美返臺當文學獎評審的老師，竟問他要不要一起去卡拉ＯＫ唱歌呀？當下老師本能地倒退三步，露出戒懼的神色。我為自己的魯莽慚愧不已，之後好幾年不敢在他面前現身。

《人間》雜誌結束後，我進入創意百花齊放的廣告業，做出了幾個有趣的流行作品，經常受邀參加座談會。有次楊澤安排我和楊牧老師對談，那天我特地打扮，把頭髮梳起來，又穿了山本耀司的藍色絲絨禮服，老師對這前所未有的盛裝覺得好驚奇呀。最棒的是，會後我第一次見到傳說中的，非常漂亮的楊牧夫人夏盈盈。

我輩文青總是從《海岸七疊》開始認識盈盈師母。〈花蓮〉、〈海岸七疊〉、〈盈盈草木疏〉，詩友們互相誦讀沉浸於幸福、越來越喜悅的楊牧詩句，想像那位令詩人不忍喚醒的新娘：

我要你睡，不忍心
喚醒你，更不能讓你看到
我因為帶你返鄉因為快樂
在秋天子夜的濤聲裏流淚
明天我會把幾個小祕密
向你透露，他說的
他說我們家鄉最美麗
最有美麗的新娘就是你

盈盈師母長居美國，偶爾陪老師回臺灣，「翩若驚鴻，矯若游龍」，笑起來好燦爛，大家都覺得他倆真是對璧人。多年後老師回臺灣定居，有機會上門拜訪的人多了，大家又開始傳說關於師母做菜的好手藝。

隨著創意工作忙碌，我逐漸和老師失聯。並不是不關心，每次閱讀他的新作總是充滿期待，獲知他在東華大學、中研院擔任要職，也為他和臺灣開心。對我而言，他是巨大的神祇，永遠永遠會存在的，所以也沒想到該特別去問候。直到二〇〇八年，目宿媒體籌拍「他們在島嶼寫作」系列，問我有沒有興趣擔任楊牧紀錄片的企劃編劇，我毫不猶豫地一口答應。

這輩子從未如此積極地爭取工作，唯恐老師落到別人手裡，會把他拍得不夠好。為什麼這麼擔心呢？根據多年在廣告影片上累積的專業經驗，以及長期對老師的觀察，我判斷：一，老師詩、文豐富，作品博大精深，本來就不容易把握和再現。二，最重要的，老師潔癖、有脾氣、抗拒鏡頭，一般拍片團隊根本難以招架，合作起來會過度拘謹，無法產生互動的火花，導致片子不夠生動。我那不言自明的確信感又來了，好像閃電劈開夜空——這是上天交給我，為老師和臺灣文學執行的歷史任務！

接下任務後，首先，必須和失聯已久的老師重新熟悉。我帶著一罐手製干貝醬當「束脩」，直接殺到政治大學中文系博士班上老師的詩經課，紀錄片導演溫知儀（小手）後來也過來一起上課。即使我們這麼努力，老師可沒有立刻答應拍片喔。幾經溝通、說服，團隊在他家附近的星巴克咖啡廳做正式紙本提案，我記得我在企劃案上寫的第一句話是，「楊牧的作品是臺灣的一道勝景」。

拍片過程大致順利。優秀的小手和目宿團隊全力投入，讓向來怕吵的老師慢慢習慣工作人員的存在，也慢慢習慣鏡頭的注視。其間，盈盈師母不只照顧著大家，還偷偷幫我們搞定有時不耐煩的老師，成為本團隊的地下臺柱。我在現場負責向老師提問，除了事先設定的基本問題，有時候會視老師狀態，故意提出讓他反應強烈的尖銳意見，以利鏡頭捕捉。如此被一大群人圍著拍來拍去，委實令人疲倦，有次老師終於發火了，我們連忙緊急撤退，過了半個月才在師母的「保護」下重新上門，繼續拍。

楊牧好友王文興的紀錄片也同時開拍。兩個工作團隊私下交流，我們聽說王文興老師除了全面配合導演，還會主動積極構想畫面、鏡頭運動，一次如果拍得不夠，沒關係，再來再來。相較之下，楊牧老師實在太難搞了啦，嗚嗚嗚，團隊集體悲鳴。不過，其實我們每個人打從心底敬愛楊牧老師，完全知道他的「難搞」，正是成就偉大作者的重要元素。隨著拍片日久，他也越來越放鬆，我們在西雅圖拍的時候，竟然捕捉到大詩人在家洗碗的一幕，當下大家簡直想放煙火慶祝。

這部片在二〇一一年首映，廣受好評。二〇一三年在芝加哥紀錄片影展獲得銅牌獎。我原本為它命名「一首詩的完成」，老師改成「朝向一首詩的完成」。當然老師改的更好。

之後，我不時探望老師、師母。他倆那麼美好，窗外看得見欒樹的家又漂亮，我總想進獻一點美麗事物，揣摩老師的品味喜好，常常去CN Flower買花，除了花束別緻，外面套著方形透明套也有時尚感。二〇一四年，老師為我的詩集《無愁君》作序，我去郵局領他的手稿，回家一打開，看見那顫巍巍的美麗字跡，不禁大哭起來。除了感動又感動，更自責為什麼讓老師如此勞心勞力，實在太不懂事了。但老師這篇〈敘事以抒情〉寫得真好，完全提升了我的作品，我好像在自己身上發現了一位更優秀的詩人。無限感激他。

做廣告的人，對「形象管理」比較敏感。我注意到老師發給媒體的照片豐富性有限，顯然缺乏專業攝影師幫忙拍照。二〇一四年夏天，我和攝影師兼好朋友郭英慧在臺北合作一個拍攝計畫，就順道請她過來為楊牧老師、盈盈師母拍個小專輯，記下詩人難得的日常情景。傍晚師母做了拿手的三明治，雋永美味，還開了一瓶西雅圖在地紅酒。

那一天，一向嚴肅的楊牧老師笑容很多，笑的比例大概占了我認識他以來的二分之一。我很珍惜他鏡頭下的笑容，收藏了這些年。那笑，使我想起〈雲舟〉的最後一句：

微微震動的雲舟上一隻喜悅的靈魂。

——二〇二〇年四月，刊登於《印刻文學生活誌》

深秋

羅任玲
詩人

那是二十四歲的盛夏。

先我一年去西雅圖的W陪我去見楊牧老師。那時我尚未出詩集，只帶著深藍大筆記本，裡面貼了我在詩刊和報紙發表的作品。他仔細讀了，然後起身，從書櫃抽出一本他的著作，問我：「這本你有沒有？」我搖頭，他說：「送給你。」抽出另一本，重複的問話，我又搖頭，他又說：「送給你。」於是那天我離開研究室時，手上捧著一疊楊牧老師的著作。

那個盛夏的研究室充滿綠蔭，室內安靜無比，窗外則是寂寥無盡的藍天白雲，像夢一樣。楊牧老師並不知道我差一點成為他的學生。

那時我的申請文件已送到所裡。有一天我和W走在校園裡，剛好所長迎面而來，對我說：「歡迎你來。」

就這樣了。

這真的是你想要的嗎？我反過來問自己。因為我心中升起的不是喜悅。

W那時住在校外的一間木造女子宿舍，有一個小客廳，同住的還有一個瘦削淡漠的黑女人。我最常聽到她說的單字就是sticky，她嫌地板黏，到處都黏。落地窗外是大湖，湖面上偶爾有人駕著白色風帆緩緩前行，駛進夏日的深處。我在落地窗內看著那些風帆，有時午後，有時黃昏。夏天八點了天還不黑，但彷彿有星星在遠方隱耀，人字形的大雁將整片暮靄帶向無垠。

多年後我讀到楊牧老師的〈雲舟〉，雖知與《神曲》的典故有關，仍直覺背景或是那夏日湖上的風景：

凡虛與實都已經試探過，在群星
後面我們心中雪亮勢必前往的
地方，搭乘潔白的風帆或
那邊一逕等候著的大天使的翅膀

早年是有預言這樣說，透過

孤寒的文本：屆時都將在歌聲裡
被接走，傍晚的天色穩定的氣流
微微震動的雲舟上一隻喜悅的靈魂

我並不遺憾後來選擇放棄華大，因為當時的狀態確實不適合。我生命中凡是做過一些直覺勉強的事，到後來都證明是錯的。

生命繞了一大圈，快近中年了，才又在上班之餘去研究所進修。這次心定下來了，我想寫關於「臺灣現代詩自然美學」的文字。不是為了學位，不想成為學者，只因那是年輕時就想寫的題目。我慶幸當年沒有勉強自己去寫內在並不相應的文字。

書出版後，寄了一本給楊牧老師。很快就收到從南港寄出的包裹。楊牧老師讀了，而且讀得很仔細。他把我在參考書目中漏缺的都寄來了，其中一本是《花季》。扉頁是他的題字：

舊作寄贈任玲女士方家

楊牧 二〇〇五年深秋，南港

黃昏將臨的淡海，我在餘暉中讀著這本與我同齡已然泛黃的《花季》，想像它在迢迢歲月中曾經的遷徙。

我不確定楊牧老師是否記得那年盛夏贈書的事。是肅然的深秋了。

不知為何，眼前浮現了我〈論楊牧〉的一段文字：

「時間循環，今昔相對」，少年詩人、中年詩人與巍巍青山終於融為一體，三者在天地間自成獨立完整的豐沛體系，無需也難以向外人解釋。那是詩人自年少一路走來，從前不曾改變，未來亦不會改變的堅定信仰。溫柔、強健、深邃，雖無法抵達永恆卻努力朝永恆邁進的誓言。

以及楊牧老師自己的文字：

詩於你想必就是一巨大的隱喻，你用它抵制哀傷，體會悲憫，想像無形的喜悅，追求幸福。詩使現實的橫逆遁於無形，使疑慮沉澱，使河水澄清，彷彿從來沒有遭遇過任何阻礙。詩提升你的生命。

我也想起有一年報社文學獎請楊牧老師來當評審。會後評審們留下來用餐，報社主管也來了。席間他忽然說了一句，大意是，能在緊張的新聞工作中抽空來接觸軟性的文學，放鬆一下很不錯。楊牧老師立刻臉一沉，正色說：「文學從來不是軟性輕鬆的事。」報社主管應該並未介懷，但神色尷尬。

那是我第二次（也是最後一次）見到楊牧老師。

慷慨溫暖之外的耿介堅持，毫不退卻。

是的，用一生來追尋提升的巨大力量——那生命之詩，絕不可能是輕易的。

最後一次收到楊牧老師的贈書是《奇萊後書》。

或許因為這些年歲月倥傯。直到驚聞詩人辭世了，我才從書櫃裡找出厚厚的《奇萊後書》，封面已有些淡褐的斑點。

在寂靜的晨光裡，打開來。

其實第一篇是細讀過的，我看見自己用筆在其中畫線。十一年了。但為何讀完第一篇後就停下來了？是因為那高密度的文字，綿密繁複厚重的思索，使我必須以極緩慢的速度閱讀，而想著下一次找時間更聚精會神地閱讀它？還是那時我正專注於自己詩創作的尋思追索肌理結構？總之十一年忽然又過去了。如果不是因為這些錯過，如果我精讀了這部大書，隨著書中寶石般晶亮的風景上下求索，這十一年的生命會不會更不同？

醒著。夢著。走路著。以為專注的自己。每過一天就離死亡更近一點的自己。

讀到〈破缺的金三角〉，倒數第二篇了，寫華大的歲月：

> 太陽正在困難地往天頂躡足，然後它也必須向我右邊沉沒，在更遠更遠的幽谷，沉沒。
> 生命，時間，創造。
> 死亡。

那年盛夏的光影彷彿又回到眼前。

一切還是那麼粲然堅實。儘管死亡後面是一個大大的句號……

夜深時分，我闔上書本走到海邊。寥落的海岸已有人架起長竿，遠方是更寥落的漁火。子夜的海堤上，我忽然想起十三歲那年國文課本讀到的〈料羅灣的漁舟〉：「那天中午，四月的末尾，在烈日下，它平靜而神祕。我在吉普車上看它如貓咪的眼，如銅鏡，如神話，如時間的奧祕。我看到料羅灣的漁舟，定定地泊在海面上……」現代文學於我最早的神祕印記。在這既是子夜又是正午，是初夏又是深秋，是淡海又是料羅灣的長堤邊，十五的碩大圓月在海面閃耀無數銀波。看似幽谷的黑暗中，所有破缺的，都被銀波靜靜收攏。

而當我凝視這些幽微的聲影氣味的時候，並不覺得楊牧老師是離開的。或者，其實並非句號？只是一個圓，一個迴轉，當你以為沉沒的時候，它已從另一邊昇起。更高更遠更遼夐。

終於越過了死亡。

光潔明亮，彷彿從來不曾有過哀傷。

——二〇二〇年七月二十七日，刊登於《自由時報》副刊

春夜讀楊牧，重建多神的星空

唐捐

國立臺灣大學
中國文學系教授

⊙一

楊牧十六歲進軍臺北詩壇，正是「現代派運動」大肆展開之際（一九五六年）。紀弦提出「橫的移植」、「主知」與「純粹性」等口號，青年詩人聞風而起，競相獵奇出新，風格警策者固多，但也不乏魯莽滅裂、糾纏紊亂、惺惺作態者。（依照楊牧看來，是使新詩創作進步了三十年，又退步了十年。）惟在講求前衛性之餘，當時尚有「現代抒情」的路線，鄭愁予、林泠、瘂弦皆為個中好手。愁予憑其少年天資，把一九四〇年代以前的抒情脈絡融入一九五〇年代的現代風潮，堪稱前驅。

葉珊時期的前三本詩集，已有自家面貌，但在頭角崢嶸的一九六〇年代裡，大抵仍屬後進。就前衛運動的立場而言，葉珊的詩觀略嫌保守，風格婉約柔弱；從本土視野看來，又顯得耽美而雕琢，遠離現實生活。惟他以青年之姿浸潤於潮流，又能適度加以抵抗與反省，仍極可貴。這表現在三個方面：他發現浪漫主義的現代價值，堅持以「優美的中文」寫詩，盡量放大並鑿深對中西文學的理解（而不是什麼「波特萊爾以降」）。

到柏克萊攻讀比較文學博士（一九六六～一九七一），楊牧學養大進，詩藝亦有顯著的突破。《傳說》（一九七一）的出版，更標誌著詩壇新典範的形成；此後十五年，我們將看到他逐漸「超車」，躍為詩界大宗師。此集的〈延陵季子掛劍〉、〈流螢〉、〈武宿夜組曲〉諸作，取材於中國經史，又善用英詩的戲劇獨白體，恰好符應乃至引領戰後臺灣詩史第二期的新動向（回溯傳統資源，關注當代現實，救濟晦澀閃躲之弊）。

值得注意的是，這個時期楊牧的現代主義技藝也有顯著的增長，甚至頗具前衛性格。〈十二星象練習曲〉與〈山洪〉都是重量級的篇章：前者表現越戰時代青年的愛慾與虛無，句法橫恣，觸及非理性美學；後者為具有強烈悼念情懷的敘事詩，蘊含神話與哲思，但對內面世界的經營超過情節。即便是短製，亦展現出滂沛的創造力：

害病的蛇我要對你說秋天可有多寂寞

總是他在假日裏追捕山賊於沼澤
咻咻的擁抱驚走蘋果那種好看的垂纍
你繾而綣之用那低度的溫暖，唉蛇
做他情人的鐲子唉唉我求你
他的情人本是常常遺失玉鐲的婦女
不善刺繡，不善採擷，却懂得蒐集；總之
你悄悄回歸，仍然是我最後的
伙伴——你是走向墳地的一條路
清潔，涼爽，深為送葬的行列所讚歎

這是〈蛇的迴旋曲〉（一九六九）三節之三，蛇較常被固定在邪惡陰毒的形象，楊牧則接續了一種民間傳統，賦予牠身體的、變化的、魔魅的色彩。意象濃密而富麗，又有詭異破碎了的節情，索解不易；但即使在這樣富於現代感的篇章裡，由於傾訴語態與頓呼格的適度運用，居然營造出一種可親可感的抒情氛圍。

以中國為終極的文化索引（ultimate cultural reference），多方轉化傳統文學體式，並著力發揮漢語的特質，可稱之為「漢語性」；理解西方現代文學的構造及其深度脈絡，敏於捕捉當代人的經驗與感受，熱心試驗語字的嶄新組合，可歸屬於「現代性」。一九七〇年代初，詩人改筆名為楊牧以後，持續「漢語性」與「現代性」齊頭並進的策略，在《瓶中稿》（一九七四）裡有了更為出色的表現。〈十四行詩〉十四首，無論體式與內涵都更傾向於現代，啟發了後來的夏宇。〈秋祭杜甫〉、〈林沖夜奔〉一短一長，皆不僅在字句典實上用古，而能開較深入的對話。這時的楊牧在詩藝上的成就，差不多已超越他的前驅愁予了。

⊙二

紀弦雖有上海現代派的經驗，為臺灣帶來一些新潮，但他對於一九三〇、一九四〇年代漢語詩壇的成就，實無周密的體會。二十世紀前葉，中國頗有才氣與學養兼備的詩人（如徐志摩、戴望舒、梁宗岱、馮至、卞之琳、何其芳、辛笛等），對於域外詩學的吸收與轉化，以及歐化、文言、白話的調配與鍛練，都累積了不少成果。可惜格於年壽，或受到政治變局的干擾，不能長期而充分地馳騁才能。楊牧可以說是完成漢語詩壇的未竟之志，為世界詩壇貢獻了一位具有詩學高度的大師（我認為這遠比誰是第一位得諾貝爾獎的詩人重要）。

從二十歲到七十歲，楊牧詩歌創作的鼎盛期則維持了五十年之久，風格繁複多變且各階段皆有力作，大約只有洛夫（一九二八～二〇一八）可相比並。文學知識、思想縱深與詩藝雖不必然成正比，但在同樣富於詩才的前提下，創作時間一拉長，高下廣狹也就逐漸區判了。一九七〇年代以後，楊牧詩藝與學術相互支援的現象愈趨顯著：就「知彼」而言，現代詩體式既來自歐洲，上溯其文化淵源乃能與當代西方詩人在等高的書桌上競寫。就「知己」而言，楊牧對詩騷傳統、漢賦唐詩以迄中國現代文學都有深度研究，經強力的詩意轉化後，遂能彰顯「我們的」優勝之處，進而反客為主。

楊牧的詩，極可能是漢語詩界裡最難於外譯的，其情況近於漢賦唐詩。這是因為他不僅僅以意象、隱喻、情節或想法取勝，而更傾向於把感知過程綿密地織進文字的黼黻裡。他執著於調控漢語文白純雜的多層次肌理，再加上密集的迴行，句與句的邊際較為開放。《北斗行》、《禁忌的遊戲》、《海岸七疊》、《有人》等四集，將漢語之美推向極致，但似乎也有過於沉溺於辭華之弊。唯一旦有適度的小情節做為葡萄架，讓語字去漫衍，便常能生出飽滿的果實。

例如〈熱蘭遮城〉（一九七五）寫歐洲來的殖民者迷於福爾摩沙的風情，賦予歷史一種強烈的感官性。再如〈禁忌的遊戲〉（一九七六）四連作以西班牙詩人羅爾卡傳奇生涯為芻形，寓有深廣的同情：

試著來記取
一份偉大的關懷，在格拉拿達
試著記取你們的語言和痛苦
綠色的風和綠色馬，你們的
語言和快樂——你們偶然快樂
——在河岸醒轉的林外
小毛驢的蹄聲，此刻，響過酒和收穫

這種語言比較清朗，甚至不避諱簡單，同時兼有聲響與色澤。名篇〈有人問我公理與正義的問題〉（一九八四）面對解嚴前夕的迷惑青年，不惜放鬆語言去端詳、去試探一顆心如何「早熟脆弱如二十世紀梨」。但此詩在楊牧詩裡恐怕不具代表性，他並不習慣如此橫恣而說。

敘事性與雄辯之力，乃是楊牧在抒情之外的重要才能，最能反映其學養與氣魄。故長詩為他所向擅場，奔騰百行而不餒，散文句法在他筆下伸縮變化，反而成了包納滂沛感知過程的利器。簡淨者已如上述，繁密者則有〈妙玉坐禪〉（一九八五），藉由意象的布綴與搬演，展示了宗教、愛慾與命運的課題，那種驚駭舞躍的文字風格恰能精準再現幽黯的內涵。

⊙三

身為陳世驤的嫡傳弟子，楊牧其實並不（如一般猜想）那麼常去標舉「抒情傳統」。以「中國：抒情」對比於「西洋：敘事」，在他這裡也未必可以無疑。從中國文學傳統中尋索史詩與悲劇，正是楊牧初期學術生涯上的重頭戲。提出「周文史詩」之說來闡釋詩經，從樂府詩中找到具體而微的悲劇精神，便是其成果。再就抒情技術而言，楊牧得之於歷代西洋lyric者，並不下於詩騷傳統。他關注浪漫主義詩人，但也熱愛味吉爾、但丁、莎士比亞、米爾頓的文學。

他曾拈出「敘事以抒情」一語來論詩，這個「以」字（而非「與」字）說明了兩端並非對立或孤立的概念，而是彼此滲透，相互為用。他在每個時期都寫下帶有濃厚抒情性的敘事詩或詩劇，並曾密切參與時報文學獎「敘事詩」項目的創設（一九七九）與評選，從而鼓動一股風潮。《時光命題》（一九九七）裡留有一組「五妃記」詩劇殘稿，似有意延續創作《吳鳳》的志意，終於未果。楊牧雖善寫戲劇獨白，惟主體性太強，善詠歎而非反諷，又常被雅言美辭所限制，反而無法像瘂弦那樣拿腔作調，放開來表演。

五十歲以後的楊牧續有突破，以動植物為對象，融合神話想像與生態書寫尤具開創性。但更驚心動魄的，可能是寫世紀之交的幾個長篇，包含〈預言九九〉、〈囊蝕〉、〈隕擇〉、〈失落的指環——為車臣為作〉、〈以撒斥堠〉等。前三者以思維辯證取勝，後兩首則主於敘事經營，似有以域外情境映射臺灣的意思。六十歲以後，他大約「只寫出」八十首詩。收關詩集《長短歌行》，有組詩和陶，又有連作變奏韓愈的琴操。同時又在跋尾中再度宣示，一生的文學志業在於希臘精神。在漢語傳統中標舉典範，在遠古異國中尋索歸穴，這兩件事不容易一下子連繫起來，但在楊牧的「跨文化」詩學系統卻又那麼自然地被貫通。

早在一九七〇年代，楊牧奉葉慈為理想的詩人典型，宣稱要航向愛爾蘭。其後不斷上溯，航向美好的文藝復興，偉大的羅馬與希臘。葉慈除了詩藝周洽之外，建立國家文學的功績亦為楊牧所心嚮往之。晚年這首〈歲末觀但丁〉（二〇一一）或許能夠說明他的追求：

雖然我體會之深遠超過常人，屢次
也曾於困厄其中意識到荊棘蒺藜
甚至領悟到猛獸爪牙的遭遇等等恐怕
不僅只是一種試探或考驗，當我

自地獄回頭看到早先走過——
在篤實事神不曾或忘的
味吉爾指引下
——深淵邊緣多少無辜的靈魂不知
所以然地等候著，但我的信心微乎
其微，雖然我稍識你形上的路徑和神學
於萬一，仍不免抬頭呼救：但丁——
但丁．亞歷吉耶雷

「歲末」已有身在晚歲的覺知，所「觀」者不僅在敘事情節，語句構造，還在其神學與形上學的思維。「詩人但丁」引領「詩人我」步步探索，正如味吉爾之於但丁。對於裡面蘊含的宗教思維，楊牧說「我的信心微乎其微」；惟《神曲》能夠「繼承傳統，給出意義」，為義大利文學拍板定案，這正是楊牧自許可以貢獻於現代漢詩者。

多位論者曾指出，楊牧詩作有時比若干故意閃爍其辭的前衛詩人還難於解讀。然而或獵其鴻裁與豔辭，或銜其山川與香草，不同讀者進入詩行總能捕捉到美感與哲思。楊牧以語句為絲線，織錦繡采，屢屢提及「黼黻文章」一語；他看重詩的精神性，亦極迷戀於其物質性與感官性，有時頗近於羅蘭巴特的文本觀。因而雖著力重建希臘多神的星空，所造文本卻橫恣快意，時有後現代的景致。正如他宣說「為人而作」與「為文而作」是不相衝突的，人去境留，黼黻裡永有血氣與精神。

——二〇二〇年三月二十二日，刊登於端傳媒

一人即成學

——博大精深的楊牧

楊宗翰

淡江大學
中國文學學系
副教授

⊙受國際漢學界高度重視

在〈周作人論〉中，楊牧寫道：「周作人是近代中國散文藝術最偉大的塑造者之一，他繼承古典傳統的精華，吸收外國文化的精髓，兼容並包，體驗現實，以文言的雅約以及外語的新奇，和白話語體相結合」、「五十年來景從服膺其藝術者最眾，而就格調之成長和拓寬言，同時的散文作家似無有出其右者。周作人之為新文學一代大師，殆無可疑」。這篇文章是身為編輯的楊牧，特別為《周作人文選》所寫的緒言。文末所言，尤當留意：「周作人是一個相當完整的新時代的知識分子，一個博大精深的『文藝復興人』（Renaissance man）。」不難看出編者既表達對這位新文學前輩的推崇，也彷彿寄寓了對同為作家的自己之期許。

〈周作人論〉寫於一九八三年，彼時四十三歲的中年楊牧一邊擔任臺大外文系客座教授，一邊投入詩、散文、評論、翻譯的經營，替讀者擘造一座又一座文學之真與美的殿堂。二十部詩集、十六部散文、十部論述與六部翻譯，他一生以文字形塑出的豐碩成果，於國內堪稱「景從服膺其藝術者最眾」，視楊牧「之為新文學一代大師，殆無可疑」。他在各類文體創作上的成績，被譯為英文、德文、法文、日文、瑞典文、捷克文、荷蘭文、義大利文等不同語文出版，並曾榮獲詩宗社詩創作獎、吳魯芹散文獎、時報文學獎推薦獎、中山文藝獎、吳三連文藝獎、國家文藝獎、花蹤世界華文文學獎、紐曼華語文學獎、瑞典蟬獎等國內外殊榮，是少數受到國際漢學界高度重視的臺灣作家。接受西方文學，融會中國經典，根植臺灣本土，楊牧無疑正是完整的新時代知識分子，一個博大精深的「文藝復興人」，其作品持續給予各地讀者無窮的啟發與暗示。

⊙古詩詞的神韻和新章法的抒情

本名王靖獻的楊牧，一九四〇年九月六日出生於東臺灣的花蓮，自幼徜徉在奇萊山、木瓜溪、花東縱谷與太平洋的懷抱。十五歲尚在花蓮中學高級部就讀時，他便開始以早期筆名「葉珊」於《現代詩》、《藍星》、《創世紀》、《野風》等刊物發表新詩。一九五九年九月楊牧先考上東海大學歷史系，次年九月再轉入外文系，期間印行了首部個人詩集《水之湄》。雖掛名由藍星詩社出版，實際上是他自己編選，請妹妹楊璞幫忙校對、雕塑家楊英風設計封面，最後交給父親經營的印刷廠，在家鄉花蓮印製成書。一九六一年，年方二十一的青年詩人以八首作品入選由瘂弦與張默主編的《六十年代詩選》。編者寫道：「無疑的，葉珊是我們最有才華和最令人喜愛的詩人……每一個少年人對於神、自然、生命和愛情所作的驚奇的詢問，所得到的便是像葉珊的詩那樣的答覆。」古詩詞的神韻和新章法的抒情，年少易感的詩人，筆下已流露出不為「婉約」二字所拘牽之特質。

東海外文系畢業後，他赴美留學，先後取得愛荷華大學藝術碩士與柏克萊加州大學比較文學博士。柏克萊時期的「葉珊」著作頗豐，共出版了文集《葉珊散文集》（一九六六）、譯作《西班牙浪人吟》（一九六六）、詩選集《非渡集》（一九六九）、第三部個人詩集《燈船》（一九六六）與充滿費解隱喻的第四部個人詩集《傳說》（一九七一）。

⊙從苦悶憂愁步向凝練含蓄

一九七二是十分重要的一年——一來詩人結束了自一九六六年起在柏克萊的求學生活，展開全新的西雅圖華盛頓大學教授生涯。二來他捨棄了舊筆名「葉珊」，首度啟用新筆名「楊牧」於《純文學》雜誌第六十二期發表〈年輪〉。此作後又結集為揉合散文與詩篇的創作集《年輪》（一九七六），獲得首屆詩宗獎的〈十二星象練習曲〉亦融入其中。創作於一九七〇年的〈十二星象練習曲〉長達百行，以戰爭、死亡、性愛交織出一座龐大的象徵體系。彼時他尚在柏克萊加大攻讀學位，該校正是反戰運動的重要陣地，抗議美國政府介入越戰甚力。詩人卻礙於是外籍學生，自忖「無論我於情如何介入，於法我不得申訴」，遂有借助參戰男子口吻訴說之〈十二星象練習曲〉。此作援十二天干的時辰連綴與十二星象的空間挪移為線索，以詩記錄了令青年們充滿困惑的年代，卻也留下多處難以通達解釋的罅隙。《年輪》一書可謂總結了詩人在柏克萊與西雅圖兩地間的顧盼、覃思與猶疑，在形式與文體上之實驗堪稱前衛。就內容而言，《年輪》迄今仍充滿許多值得深掘的細節，如學者紀大偉就從其中〈一九七二〉這章，注意到當代所認知的「同性戀」概念是如何在七〇年代臺灣作家筆下顯影。

到了西雅圖時期的「楊牧」詩風丕變，從苦悶憂愁步向凝練含蓄，並更多地欲以文字介入現實、叩問社會、寄託期待。以詩而觀，這個階段他共繳出《瓶中稿》（一九七五）、《北斗行》（一九七八）、《禁忌的遊戲》（一九八〇）、《海岸七疊》（一九八〇）四部詩集與一部現代詩劇《吳鳳》（一九七九）。譬如〈讓風朗誦〉，便很能代表他如何將前期之停滯及困頓，翻轉為流動與溫暖：「那時你便讓我寫一首／春天的詩，寫在胸口／心跳的節奏，血的韻律／乳的形象，痣的隱喻／我把你平放在溫暖的湖面／讓風朗誦。」愛情不能口說無憑，在胸口寫詩乃成最好見證。「心跳的節奏，血的韻律／乳的形象，痣的隱喻」二句當是想像詩歌與身體結合，讓抽象的愛高度形象化起來。楊牧向來嫻熟以聲響及節奏控制來推進詩篇，並藉此將中、長篇作品加入敘事及戲劇因子。如《傳說》一書中〈延陵季子掛劍〉，詩人首度嘗試以「戲劇獨白」（dramatic monologue）作詩；至《瓶中稿》所錄〈林沖夜奔〉寫悲劇英雄林沖落草為寇，內容取材自《水滸傳》，形式援引元雜劇，並依關目結構分為四折。以混聲交響、觀點替換來逐步推進的〈林沖夜奔〉，可謂一新當代中文抒情詩之面貌。

⊙以理性冷靜抗拒咆哮激情

一九七八年楊牧在回臺期間偶然認識夏盈盈，隔年十月便在臺灣舉行婚禮，一九八〇年相偕赴美生活。新婚與迎接長子出生，讓楊牧的抒情詩面貌完全改變，全本幾乎皆屬情詩的《海岸七疊》最是明顯。那些生命中無法排遣的苦悶，終因這位「你是我們家鄉最美麗／最有美麗的新娘」（詩作〈花蓮〉）獲得緩解。此時楊牧的詩文中，洋溢著前所未見的堅定自信與溫潤可親。但詩人身分之於楊牧就是廣義的知識分子，應當以理性冷靜抗拒咆哮激情。八〇年代之後，楊牧長期來回臺、美與香港三地，對社會乃至於政治的關懷雖愈發明顯，卻幾乎不曾以直白語言書寫詩篇，而將其全數留給專欄文字（如《交流道》即是藉隨筆寄語抒懷）。他恆常保持理解同情，心向永恆純淨之地，散文集《搜索者》（一九八二）承續了《柏克萊精神》（一九七七）的入世情懷，並延展出對人情事理的通透洞悉。

楊牧嘗提倡「寫一篇很長很長的散文」，並欲打破散文的體式限制及文類界線。《搜索者》及其後的自傳體散文《奇萊前書》（二〇〇三，合《山風海雨》、《方向歸零》和《昔我往矣》三部為一）與《奇萊後書》（二〇〇九）俱為他的信念實踐與創作高峰。至於楊牧之晚期風格，最可見於四本詩集《時光命題》（一九九七）、《涉事》（二〇〇一）、《介殼蟲》（二〇〇六）與《長短歌行》（二〇一三）。其中呈現了對時間的焦慮、對遺忘的憂懼，以及盼望尚友古人（陶潛、韓愈），並將「心之鷹」與「獨鶴」皆化為抒情自我的象徵。晚期的楊牧詩篇，有著對風騷傳統的繼承與對希臘精神的嚮往，思想與技巧皆上達另一高度，也等同帶給讀者最多的挑戰。

作為一名文學教育家，楊牧著有寫給青年的十八篇書信體散文《一首詩的完成》（一九八九）。《傳統的與現代的》（一九七四）、《文學知識》（一九七九）、《文學的源流》（一九八四）、《隱喻與實現》（二〇〇一）等書，則多集自他的文學研究與評論文字，其中可見讀書治學之態度，亦有「為文學辯護」的豪情。學者楊牧的研究著作不以量取勝，而是面向甚廣，所談橫跨古今到東西、臺灣與中國，筆鋒所帶之識見與感情，今日學院內盛行的「學報體」遠不能及其十分之一。總的來說，楊牧在各類文體創作、評論與翻譯上的成績，絕對足以稱為「一人即成學」——前一位「一人即成學」的代表作家是余光中，可惜晚近「余學」研究在域外似乎比本地還要興盛，不禁令人感嘆。

⊙臺灣的，也是世界的

但我以為「楊牧學」若要求其完備，尚有兩個區塊仍待補上：一是楊牧的辦學擘畫，二是楊牧的編輯事功。前者關乎一名當代作家兼人文學者，如何全力參與香港科技大學與臺灣東華大學的院系籌設，目標規畫、師資延聘、課程設計……在在皆有可觀；後者涉及楊牧罕為人知的「編輯家」身分，其實他從一開始便自編每部作品集，後來更多次把著作修訂重編，以成定本。赴美留學時楊牧與林衡哲合編二十四部志文版「新潮叢書」，目的是要造就「一套完全由國人動手著述的好書，而不是亦步亦趨的翻譯品」。一九七六年他與友人創辦洪範出版社，凡屬洪範文學叢書或譯叢，摺口處之作者介紹及內容說明，幾乎都由楊牧親撰。他又好以編者身分，替洪範之五四新文學名家選集寫長篇導論，往往可收一槌定音，確認歷史地位之效。今日讀者一眼可辨的「洪範體例」，也是出自楊牧之規範與編輯葉步榮之執行，才會誕生並維持長久。他曾擔任東海大學校刊《東風》與《現代文學》第四十六期「現代詩回顧專號」主編，並替《聯合報》副刊審閱過現代詩投稿。這位「編輯家」的編輯行為、守門人角色及對文學典律的影響，還留有太多值得探索之處。

楊牧是臺灣的，也是世界的。楊牧學應該是最本土的，卻也可以是最跨區域、跨文化的。楊牧奉獻一生心力，終能達到「一人即成學」；吾輩當以不斷細讀，反覆詮解，盼能更多地認識到楊牧之博大精深。

——二〇二〇年三月十四日，刊登於《聯合報》副刊

聲響、火焰與泥土
——如何親近楊牧的詩

楊佳嫻
國立清華大學
中文系副教授

楊牧（一九四〇～二〇二〇）病逝，報紙上稱「距離諾貝爾文學獎最近的臺灣詩人」，從國際聲名切入，算是方便的標籤，讓對於文學不熟悉者立即讀取座標。另一種觀察我以為更為貼切。消息傳出不久後，臺灣小說家朱宥勳在Facebook上提出觀察：這位詩人的逝世，除了像過往其他重要詩人逝世那樣立刻湧現大量哀悼貼文外，幾乎每則貼文都附上了喜愛的楊牧詩作，非常多樣，不是老只有那一兩首經典，而是涵蓋不同時期、不同主題、不同風格。這樣的致意與引用持續累積，甚至還包含了散文、文論、編輯事業、為故鄉花蓮擘劃大學之理想等方面，顯示出楊牧其作其人其生涯的豐沛、廣闊與吸引力。

此刻我在柏林，手邊沒有任何楊牧集子。就憑綠水洋黑水洋中伶仃浮起的暗影，岩壁上鑿過的線條，記敘一些因緣與體悟。

我的第一部詩集《屏息的文明》由楊牧寫序，那年我二十四歲。願提攜他原本完全不認識的新手，我終生感激。該篇序文也刊登於報紙副刊，不久後在某個聚會裡遇見周夢蝶，我自報姓名，老人家面容肌肉牽動，嶙峋大手緊緊一握，我竟聽懂了河南腔國語：「楊牧寫的序，我在副刊上看見了，我就想，要讀讀你的詩。」這是楊牧序的威力。

當年我心頭年輕的神是駱以軍，詩集就想找駱寫序。讀完了詩稿，駱苦口婆心喳喳呼呼勸告：「這個，我不能寫欸，你的詩很名門正派啊，不是我人渣風格，你要不要找同樣名門正派寫啊？」在駱鼓勵之下，厚著臉皮，寫信寄稿子到中研院向楊牧自薦，附上了聯繫方式。過了四、五天吧，楊牧竟然親自打電話到我臺大宿舍裡，很親切，表示看過了詩，想跟我談一談。

這是我與楊牧頭一次見面。他約在臺北仁愛路上的福華大飯店地下一樓「蓬萊邨」，臺菜餐廳。記得他問了：「怕不怕吃肥肉？」其實怕，可是總覺得說怕，太普通人了。這問話是不是一種考驗？肯定得放出一股子瀟灑來。於是大聲說：「不怕！」楊牧笑了，就點了一碟白切肉。後來才聽說，詩人愛吃肥肉，而且切肉刀工不賴。

那天肯定也討論了詩，我卻一點也不記得了。只記得啖了不少肥肉來表示肥肉於我如浮雲。肯定也喝了臺灣啤酒吧，楊牧曾寫過一篇極富情味的散文叫〈六朝之後酒中仙〉，歷數詩人酒癖與酒詩，能醉與不醉；能醉的人包括他自己，喝了酒以後，他也確實放鬆許多，能開文壇中人無傷大雅的玩笑。得到楊牧正面回應，一方面欣喜，另一方面有點疙瘩，不大願意當名門正派。童年時代讀武俠小說，嚮往楊過、金毛獅王或金蛇郎君之類，不受名門正派肯定才酷啊。十餘年下來，我已經明白了我的性情確實不酷，不必妄想。

後來幾回見到，幾次在陳黎辦的花蓮太平洋詩歌節，以及東華大學舉辦的楊牧相關活動。有回在花蓮。與楊牧夫婦同車。車過某處，楊牧立刻提高聲音指給其他人看：「花蓮中學！我的母校！我認為它是全世界最好的中學！」我早在楊牧散文中讀過他的中學時期以及青春萌動時的詩啟蒙，當面聽他率直地讚美花蓮中學，還是覺得可愛。

另有一次，陳黎交代我一項任務，要我主持兼與楊牧對談，還要讓楊牧朗讀自己的作品。上場了，楊牧不大願意，只讀了一首，其餘都叫我唸。沒練習，現場硬著頭皮朗誦，咦，這典故！這字不認識！怎麼辦，難道「有邊讀邊，沒邊讀中間」？萬一讀錯，豈不讓楊牧看不起？我決定直接求救，把麥克風拿遠，湊近詩人，小聲問：「這字怎麼讀？」楊牧神祕一笑，更小聲地答：「我也不知道。」世界上還有比這更不負責任的事情嗎！以上過程不過幾秒內，我只好挪回麥克風，有邊讀邊，沒邊讀中間，咕嚕嚕亂唸混過去。可惡，我是不是被整了！

從楊牧那裡我學到，正派或酷派都行，學院內或學院外不會造成任何方面絕對的阻礙。《柏克萊精神》自序中說：「我又發現有人動輒即稱在學校教書而又弄文學的人為『學院派』，而且好像學院派是很菜的一派。我剛開始被人家稱為學院派，也莫名其妙地恐懼起來了，好像犯罪的感覺。後來我想，學院派有甚麼不好呢？一邊看書教書一邊從事文學創作有甚麼不好呢？學院派的人可能比較喜歡掉書袋，用典故；然而適量的掉掉書袋，技巧地用用典故，也不是文學的弊病，更可能是文學的拓寬。」不過，流連於書與知識，也可能閉塞，救濟之道在於：「應該常常伸手摩摩自己的胸口，看看他的心在哪裡跳，或者看看他的心還跳不跳。」時時開窗看看活生生的世界，且誠實，敏銳，開放。

奚密教授認定，楊牧扮演臺灣現代詩場域中GAME-CHANGER的角色，建立一套新的習尚，改寫價值，影響生態。然而，楊牧詩以困難著稱，望之儼然，中西典故無數，難以親近，就像《紅樓夢》在讀者中的尷尬位置，常常看到「我試著讀過可是——」之類有點不好意思的「懺悔」。但是，無論教學或演講，我從來不會忽略他的詩。不僅僅談臺灣現代詩或現代漢語詩歌歷史，他的名字不可能繞過，針對詩的技術或主題的單場講座，也多半能從他詩集中找到合適例子。我從來不認為必須把楊牧每一首詩每一個典故都搞懂才有資格談他的詩，傑出的詩作從來不只一層意思，深層淺層相互映照，偏光或正光，都成風景。

既然認識了楊牧作品的價值，又時時從中得益，難免也醞釀著一股想把那份喜悅與震動傳遞出去的渴望。當我們面對年輕讀者，一方面對於文學懷抱好奇，另一方面，又已習慣手機閱讀情境下欠缺風格的免洗截句，如何使他們能調整目光，也試著走入經典詩人的世界？一味強調其高其偉岸，恐怕不能奏效，反而得從彰顯柔情與徘徊、傳遞鮮明聲響、浸潤生活美趣的詩作為起點。從大詩人的「小」作出發，漸進漸悟，也有其樂趣。

作為大學裡的文學教師，我的方式是這樣：先從〈蘆葦地帶〉、〈聲音〉、〈情詩〉、〈貓住在開滿荼蘼花的巷子裡〉講起。

〈蘆葦地帶〉裡雖隱隱浮出故事形狀，重點不在敘事，是隨著「我」的視線與心情表現出某種猶豫，猶豫背後又存在著更為巨大的情感力量，一點一點逼迫著，逼迫人把手探進自己心裡，安撫那未熄的炭火。教楊牧的詩，一定得讀出聲音來，用自身情感體會讀給學生聽，講解之前就要先讀。聲音本身已提供暗示，像雲凹陷，柔軟的陰影發出呼召。尤其我喜歡讀這段——

那是一個寒冷的上午
我們假裝快樂，傳遞著
微熱的茶杯。我假裝
不知道茶涼的時候

正是彩鳳冷卻的時候
假裝那悲哀是未來的世界
不是現在此刻，雖然
日頭越升越高，在離開
城市不遠的蘆葦地帶
我們對彼此承諾著
不著邊際的夢
在比較廣大的快樂的
世界，在未來的
遙遠的世界

逼迫般的情感就藏在三個「假裝」裡。事實上早明白「身無彩鳳雙飛翼，心有靈犀一點通」的那點熱將要失去，證實那悲哀就是現在此刻。全詩從故作趑趄冷淡，到情感表現漸強，一點一點揭示脆弱，以承認假裝來帶出不再假裝，結尾的「我愛你」才能水到渠成，不顯庸俗。

與〈蘆葦地帶〉可以併讀的，還有〈水田地帶〉，鋪陳以分離為前提的相聚，畫餅充饑似的約定春夏秋冬，顧左右而言他，最後才痛下決心，寫出「為了證明這是幻想不是愛」，如同上一首詩的「假裝」，正言若反，努力想證明一切是幻想，正反襯出愛的呼之欲出與無可奈何。〈不尋常的浪〉也表現了類似心境，「在追憶裡／否認我曾經否認，或者後悔／你以為將來你可能後悔」，究竟是雙重否認還是負負得正？此刻何以否認？過去否認了什麼？將來何必後悔？此刻又如何後悔未來的事物？這句子刻意曲折，所展示無異於〈蘆葦地帶〉裡的「假裝」，愛情最扭曲也最真實的形式。

至於教學生讀〈聲音〉，主要看重單純卻深具微控功力的旋律與節奏：

而世界好像也是很小的了
就像在一把雨傘下了——
只有那麼大。而我也知道
那是心跳了，不是雨點
不是雨點的，因為夜
已經太深了，已經太深

雀鳥都在休息
樹也在休息
雨也休息
只有心他不休息

「不是雨點」和「不是雨點的」，加了個「的」產生什麼效果？兩個「了」，作用是什麼？「休息」三句，「都在」、「也在」、「也」的變化，又能帶來怎樣的聲音變化？情感與聲響又如何配襯？這首詩是最好的示範。

〈情詩〉在聲響表現上也極為傑出，文白混紡本身就能調節節奏，再藉著斷句來讓普通敘述句子也成為節奏的一部分，楊牧最為拿手。同時，以由衷讚嘆的兩次「真好」，和難以自制的兩次「坐在燈前吃金橘」，來營造出俏皮感。那麼，這情詩寫給誰呢？既給「你」，也給屈原（個體化詩人的始祖），更是給詩人所生長的土地，表面看起來謙虛，說自己沒有芸香科那麼美，不過是臺灣米仔蘭，「土土的名字／樹皮剝落不好看／生長沿海雜木林中／也沒有好聽的故事」，可是呢：

木質還可以，供支柱
作船舵，也常用來作
木錘。憑良心講
真是土

本地生長，用途多樣化，可支撐可引領可施力，「真是土」，看似自抑，實則自高。我一直把這首詩看作楊牧臺灣本土主體的迂迴展現，兼顧複雜詩藝與本土認同。想以詩表現鄉土之情？不是只能直白乾澀或重複那些老掉牙譬喻。

至於教〈貓住在開滿荼䕷花的巷子裏〉，就想讓學生們感受經典詩人也能萌力大開。這首詩不只充滿了浪漫寧馨生活小物件，「光陰很長／很溫柔，像貓貓的鬍子／比吉他的調子更悠遠」——貓貓，天呀，這是楊牧的詩嗎！是那個隨時可以拋出典故如翻天印的楊牧的詩嗎！詩人持續跟隨著貓貓腳步：

是疑似的薯葉，黃昏有雨

打過夢幻芭蕉；貓貓跑進
院子淋雨，麻雀驚飛上屋頂
這貓的面目和名字都好記
她住在開滿荼蘼花的巷子裏

夢幻芭蕉，細雨貓貓，花影下時隱時現。從讀到這首詩開始，我就決定，人生的願望清單要加上一筆：聽楊牧親口說出「貓貓」（可惜並未實現）。

從上述這幾首不同類型、技術、題材的詩，引進楊牧詩藝的小門，就發現裡頭森羅萬象，禁得起長時間探索。耐讀，無窮，因此他是詩人中的詩人，詩人們的老師。

比起多次譜成歌曲的鄭愁予余光中、常被廣告文案化用的夏宇、非文學讀者也聽過的席慕蓉，楊牧的詩從未躋身暢銷行列，也因為不容易摘句與簡化，不那麼「日常化」。最著名的句子，恐怕非「有人問我公理與正義的問題」莫屬，常常在各式社會抗議場合與論述出現，作為起手式，頗具力量，彷彿接下來就要給出答案。事實上，這首詩針對籍貫／省籍問題在臺灣社會造成的繩結，設事設景，丟出更多困惑與思考，而非答案。再者，楊牧詩以聲響和曖昧取勝，不像余光中的作品那麼容易擬為中學考題，而主要作為文學學習過程中的高標來被認識，或許，也算一種幸運。

最後想提一筆：臺灣詩人沈嘉悅曾寫過一首詩，就叫〈我不喜歡楊牧〉，我喜歡楊牧，可我也挺喜歡這首詩。它描述讀不懂楊牧就像「進了停車場／停了車／要出來卻沒有零錢／一樣尷尬」，「你可以開車／但不要停進收費停車場／你可以讀詩／但不要跟人說你不懂楊牧」，「楊牧」被當作「名門正派」、仰之彌高的符號，一道權威的門鎖。但是，讀詩寫詩應該更自由，標準應當更多樣。可不可以不懂楊牧？當然沒問題。不過，假設那一扇小門開了，也不妨走進去看看，裡頭絕無惡犬，但有貓貓，茁長著臺灣米仔蘭，還有靈妙的聲響。

——二〇二〇年三月十七日，刊登於端傳媒

夜空歎息
——悼楊牧先生

許悔之

有鹿文化
社長

夜深，深夜的雨
如千軍萬馬殺將過來
夜聽錢塘潮
魯智深瞿然而醒
啊天地
一身於天地何寄
我坐在露臺靜靜的
抽一支菸

遙想公元兩千年
在西雅圖的傍晚
談到的文學、溥心畬
還有您關心的公理
和正義的問題
窗外的木棉猶熾烈的
吐出紅花
多麼像您的詩句

一隻蜻蜓
一條溪
一隻雀島
名為紅衣大主教
立霧溪的河床
太平洋一片不尋常的浪

這些您所揭露
美的秩序與奧祕

我聽見如箭矢
射下的雨中
夜空，夜空在歎息
超越喜悲生死的
乃您的詩句
珍珠瑪瑙金銀琉璃

您繪製的星圖
閃耀著七寶
夜空因為自赧比不上
您的詩句美麗
所以，所以在歎息

——二〇二〇年三月十八日，刊登於《聯合報》副刊

編後記

想念楊牧

須文蔚

國立臺灣
師範大學
國文學系教授

楊牧老師在春日遠行，安寧長眠。盈盈師母說，最後讀了〈雲舟〉一詩給他聽：

凡虛與實都已經試探過，在群星
後面我們心中雪亮勢必前往的
地方，搭乘潔白的風帆或
那邊一逕等候著的大天使的翅膀

早年是有預言這樣說，透過
孤寒的文本：屆時都將在歌聲裏

被接走，傍晚的天色穩定的氣流
微微震動的雲舟上一隻喜悅的靈魂

長年堅持在孤寒人文道路上的詩人，就此搭乘雲舟，隱沒在群星之後，臺灣殞落了一位健全知識分子的典範。

楊牧的創作源於淵博與深刻的學問，他說過：「我希望有一天能於晚年追懷的火爐前，因為發現學術研究對實際的文學創作並無傷害，甚至還具有精神上和方法上的啟發，而感到安慰，滿足，感到無愧於古來中國健全的知識分子，和歐洲文藝復興人（Renaissance Man）傳下的典型。」面對重視科技與商業發展的社會現實，詩人與人文學者不斷面對嘲弄，但仍然應當論述、書寫與進取。

在讀者的印象中，楊牧的詩作總是追求美的極致，偶爾涉及社會參與和民生關懷的議題，如〈有人問我正義與公理的問題〉、〈悲歌為林義雄作〉、〈在一隊坦克車前〉等，但他總保留一隅純淨與寓言的空間給詩，或冷靜、或激情地獨立於時論之外，讓詩篇趨向永恆。

楊牧為了朝向健全知識分子的目標前行，因此努力掌握多種文類，書寫雜文專欄《交流道》與《飛過火山》，介入時事，熱切批判；他為同儕後進寫序跋，評介思潮，兼論情誼；他為故土的歷史與鄉土寫美文《奇萊前書》，穿越時空，寓意深遠；他也不忘哲理論述，無論是創作論《一首詩的完成》、無神論《疑神》與美學思考《奇萊後書》，行雲流水，不拘泥呆板的論文格式。讓人不僅聯想起古代的詩人如韓愈、歐陽修、蘇軾等典範，他們以詩詞見長，然而彩筆不忘干氣象，策論與散文也是他們涉世的利器。或是楊牧嗜讀的但丁，既是偉大的詩人，同時也是政治改革的急先鋒。楊牧一生出版五十餘種著作，涉及多重文類與題材，無非以極高的自我期許，期待調和學術和創作，安身立命於文字中。讓人難以忘懷的是，楊牧以作品抵抗後現代浪潮中解構真理與輕視語言的觀念，趨向創作的核心：抱負、生命、反抗與愛美，以書寫召喚讀者重新信任文字、語言與文學，進而使人們願意堅持追求真善美，使人們堅持懷疑權威與結構，以知識分子的良知與道德前行。

楊牧在政治哲學上力主無政府主義，質疑一切的威權與道德的框架，期待人們都能生活在自由之中，人群自然和諧相處，回歸到簡單純樸，溫柔善良的境界。而他並不虛無，將美學搭建的神廟建築在花蓮鄉土上，既傳承了中國抒情傳統，也融會了世界文學，展現出具有臺灣主體精神的豐饒書寫。

楊牧受業陳世驤，在漢學研究中，中國文學抒情傳統的理論建構始於陳世驤，他從比較文學的角度，直指中國文學以抒情詩為傳統，相對於西方以史詩和戲劇為主軸的敘事傳統，中國的詩人總透過抒情切身地反映自我影像，因之抒情體滲透於小說與戲曲中，成為一種超文類的概念。陳世驤並將「詩言志」傳統中，以言為不足，以志為心之全體精神視為抒情傳統的真諦。楊牧在抒情傳統的開展上，不僅僅是文學用典，更與古典文本的次文類、詩歌傳統或是歷史事件相互對話，乃至辯證，他時時在召喚讀者，透過他的作品與古人互動，以強而有力的創意使作品保持動態，使讀者與文化能在一首詩中互動，進而成為意義的參與者。

二〇一三年的冬天，楊牧夢見到與孔子一起飛翔，在接受曾珍珍的訪問時，楊牧回顧自己與東西方文學傳統千絲萬縷的關係時，自豪地說：「老實說，也很proud。我喜歡做別人沒有做的事，單就中華文化的學問說，我挑著做的常跟我的朋友們不一樣。西方文學也一樣，我從中古做起，別人多數做現代或十八、十九世紀。夢見跟李白飛或跟屈原飛，好像理所當然。夢見跟孔子飛，真的很怪異。我跟著他，但隔著一段可以讓我自在飛翔的空間，像一種師徒的關係，不覺得危險，蠻有幸福感。」在臺灣文學建構主體性的過程中，楊牧展現的兼容並蓄，在當代顯得特別的秀異。

邱貴芬最近在〈「世界華文文學」、「華語語系文學」、「世界文學」：以楊牧探測三種研究臺灣文學的跨文學框架〉一文中，展示了楊牧在「世界華文文學」（world literature in Chinese）、「華語語系文學」（Sinophone literature）、「世界文學」（world literature）的三個重要的跨文學研究框架中穿梭自如的身影。邱貴芬強調：

> 楊牧傳承西方文學和植根臺灣本土的「有根的世界感」（rooted cosmopolitanism），這意味「世界華文文學」理論必須在「共同的中華性」和「離散華人」的核心概念之外，更細膩挖掘「華文」的在地實踐。就「華語語系文學」理論而言，楊牧主張以精準優美的漢字創作，調度中國文學傳統資源的臺灣文學創作觀，與「華語語系」對於臺灣文學與漢文、漢文化的關係的詮釋背道而馳，提示我們重新思考漢文書寫對臺灣文學創作的深層意涵。就「世界文學」而言，楊牧示範了「作為世界文學的臺灣文學」如何在「世界華文文學」與「華語語系文學」所關注的身分認同政治之外，開拓臺灣文學的研究議題，以及與非漢文文學社群連結的空間。

在各種排斥與消去傳統的論述中，楊牧從上古中國與希臘神話航向花蓮的身姿，邱貴芬的提示，無疑是我們重讀楊牧的新起點。

作為教育家的楊牧曾參與香港科技大學的創校，更以卓越的創造力建構了國立東華大學人文社會科學院。他專職在嶄新的中國語文學系（現已更名為華文文學系）中，傳授中西比較詩學，在課程改革上，放大古典文學與現代文學的比例，導入文學創作課程，建立一個以文學為本色的科系，所延聘的老師幾乎都有文學創作的背景。同時，任內設立了華語世界第一個「創作與英語文學研究所」（現改制為華文文學所創作組），讓有志文學寫作的作家接受文學史、世界文學、經典閱讀詮釋以及創作指導的機會，以小說、散文、現代詩或報導文學專書的形式畢業。他還創辦了駐校作家課程，讓知名作家能以一學期甚至一年的時間進入校園，為學生授課與指導寫作，讓文學書寫就在生活中發生。從花東縱谷一隅的文學種子，不到三十年間在全臺開枝散葉，成為不容忽視文學新風景。

楊牧總鼓勵學者創作，大力支持教師以創作升等，也不改從年少時就熱中編輯的情懷。有次聚會，他就詢問在座不同科系的年輕老師：「有沒有意願編輯學報？讓更多人文和社會科學的論文能傳播出去？」

我們或許忙於教學、研究和服務，一時面面相覷，沉默無語。

楊牧笑著說：「我年輕時就喜歡結合朋友一起編書與刊物，相信你們也一樣有這樣的熱忱？」

於是在他的支持下，《東華人文學報》和《東華漢學》兩份學報，應運而生。回首楊牧精采的文學生涯中，李瑞騰曾以「楊牧編輯史略」為題，在楊牧講座中發表過精采的演講，點出楊牧年少時就參與《東臺日報》詩週刊編務，與林衡哲合作為志文出版社編「新潮叢書」，擔任《現代文學》第四十六期「現代詩回顧專號」主編。影響力最大的，莫過於一九七六年與友人創辦的洪範出版社，在戒嚴時代介紹五四新文學，出版臺灣當代經典文學作品，引入香港與中國當代的新創作，楊牧開闊的視野，嚴謹的體例，為臺灣文學奠定了豐厚的基礎。

楊牧遠行了，感謝童子賢先生支持「楊牧全集」出版，編輯委員會將《告訴我，甚麼叫做記憶》一書的編輯工作交付給我與楊牧文學研究中心的同仁，期間盈盈師母細心蒐集來自世界各地的追思文章，楊照先生與「新匯流文化基金會」同仁在策劃階段的提點。全書共分五輯，輯一「山風海雨」為楊牧同儕友人的追憶；輯二「昔我往矣」則為曾受業於楊牧老師的學生，文友或中央研究院文哲所同仁的感懷；輯三「東之皇華」則為東華大學同仁敘述楊牧擔任人文社會科學院長時的風範；輯四「時光命題」則有來自香港、新加坡、馬來西亞與中國大陸等地文壇與學界的致意，展現出楊牧跨區域文學傳播的影響力；輯五「星圖」特別邀集臺灣青壯世代詩人與評論家，分述楊牧在創作、學術與編輯上浩如繁星的文學成就。文章排序上，謹依照作者出生年排列，希望能讓讀者順著時間之河，更理解詩人追求真與美的執著。

《告訴我，甚麼叫做記憶》書名出自楊牧的名作〈給時間〉，希望楊牧的友人、同事與學生一起書寫的文集，能在長夜中點亮燈火，更能對抗遺忘。書名發想與編務要特別感謝曾文娟總編輯的慧心與專業，全書的授權與校對則要歸功楊牧文學研究中心與在地方文創協會的吳貞育、許郁琪和陳延禎。本書圖片檔案的蒐集，則要特別謝謝目宿媒體執行長林怡璇，詩人曾淑美，攝影家郭英慧，文訊雜誌社封德屏社長，黃子恩小姐，趨勢教育基金會廖涵羽小姐與洪範書店大力協助。

一面校對文稿，一面回想起楊牧老師的文學課，特別是幾瓶啤酒暢飲後，中西比較詩學的課堂就開課了。今年（二〇二〇）一月十四日，到楊牧老師府上拜訪，得知在去年九月的楊牧國際學術研討會後，得到一位神經內科醫師的幫助，定期到家中看診，調整藥物，老師精神好轉，和鄭毓瑜院士、王勝德教授與我，從六點聊到八點多。老師聲音宏亮，條理分明，為我們說了許多詩的典故，還有在香港科技大學時的故事，一點疲態都沒有。我們都為老師的健康開心，也期待春暖花開，能再多和老師談天說地，不料他的文學課再也不開設了。

就在編務告一個階段時，書寫編後記，想起楊牧在二〇〇一年時，在東華寫下詩集《涉事》的後記：「詩集編就，對著窗外熾烈，明亮的陽光回想這四年一些人與事的糾葛因緣，虛實與是非，轉念幻化，生滅髣髴泡影。惟有詩是留下了。」

是啊！詩是留下了，相信楊牧精緻的思維、溫厚的情感、反抗的精神，也都透過本書的篇章留下了，且讓我們一起想念楊牧。

楊牧手稿

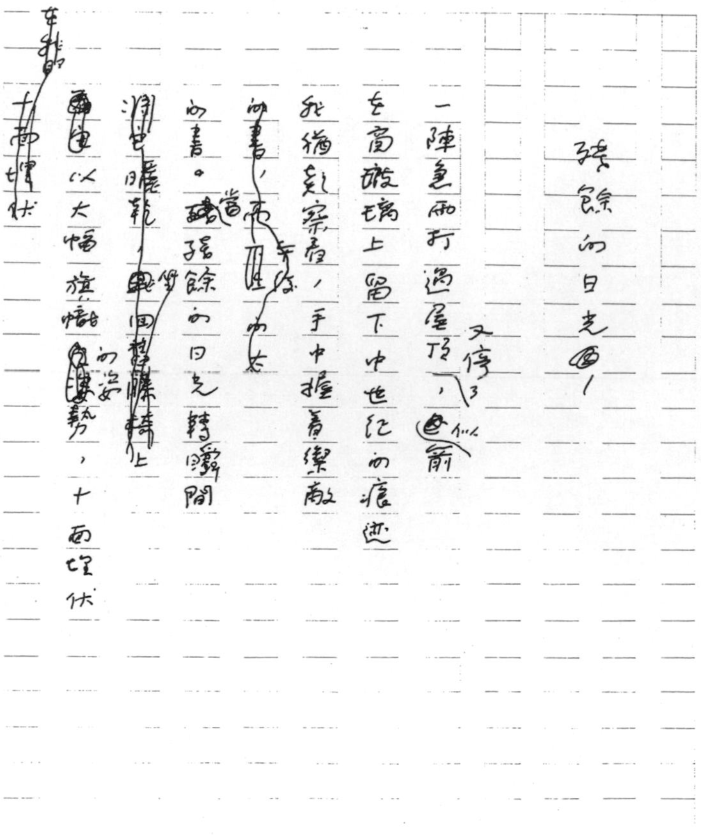

楊牧〈殘餘的日光〉手稿。（夏盈盈提供）

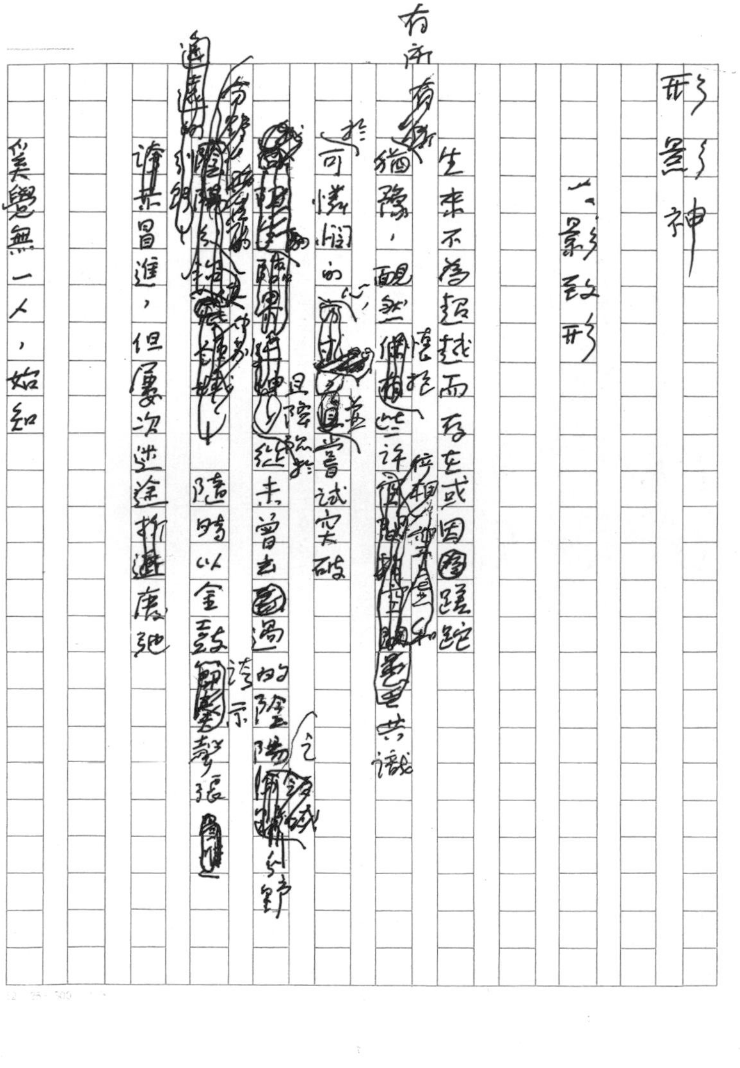

楊牧〈形影神〉手稿。（夏盈盈提供）

楊牧年表

1940 出生於花蓮，本名王靖獻。

1946 就讀花蓮明義國民學校，為戰後第一屆國民學生。

1952 入花蓮中學初級部。

1955 ⊙入花蓮中學高級部。
⊙十五歲開始寫詩，投稿各報紙副刊及詩刊。
⊙受業於胡楚卿，又與花中學長陳錦標編輯《海鷗》詩刊，辦「文藝周刊」於《東臺日報》和《更生日報》。

1958 ⊙高中畢業，暫居臺北。
⊙此時期結識覃子豪、黃用、余光中、洛夫、瘂弦、夐虹等詩人。

1959 ⊙四月，擔任《創世紀》編輯委員。
⊙九月，入東海大學歷史系。
⊙在中文系選修徐復觀教授的古代思想史、老莊哲學、韓柳文。
⊙大學時期，閱讀了大量英國浪漫主義詩人作品，如濟慈、雪萊、華茲華斯等，頗受啟發與影響。

1960 ⊙由藍星詩社出版第一本詩集《水之湄》。

⊙主編《東風雜誌》。

⊙九月，由歷史系轉外文系。

1963 ⊙出版第二本詩集《花季》。

⊙大學畢業，金門服役。

1964 受美國著名詩人保羅·安格爾（Paul Engle）邀請，入愛荷華大學英文系詩創作班。求學期間，葉珊對愛爾蘭詩人葉慈（W.B.Yeats）有著比浪漫主義時期詩人更多的關注。

1965 選修比較文學。學習德語。擔任《現代文學》編輯委員。

1966 ⊙由文星書店出版第三本詩集《燈船》和《葉珊散文集》。

⊙獲愛荷華大學藝術創作碩士，論文為詩一卷：*The Lotus Superstition and Other Poems*。

⊙入柏克萊加州大學攻讀比較文學，研究西方古典史詩及中世紀傳奇，從陳世驤治《詩經》及先秦文學。此外，深受「柏克萊精神」的影響。根據楊牧說法，所謂柏克萊的精神，「即是結合學術研究和社會介入於一體的精神。」

⊙出版翻譯西班牙詩人賈西亞·洛爾伽（Federico Garcia Lorca）《西班牙浪人吟》（*Romancero Gitano*）十四首。

1967 修習古希臘文。

1968 學習日語。修讀卜弼德（Peter A. Boodberg）開授訓詁學，以及白芝（Cyril Birch）的元明戲曲。

1969 ⊙ 出版自選詩集《非渡集》，收錄七十四首寫於一九五六至一九六六年間的作品。

1970 ⊙ 任教麻塞諸塞大學（University of Massachusetts, Amherst）一年。

⊙ 與林衡哲醫師合編「新潮叢書」，由志文出版社印行。

1971 ⊙ 出版第四本詩集《傳說》。

⊙ 獲柏克萊比較文學博士學位，論文為 *Shih Ching: Formulaic Language and Mode of Creation*（《詩經：套語及其創作模式》）。

⊙〈十二星象練習曲〉獲第一屆詩宗獎。

⊙ 遷居西雅圖，任華盛頓大學（University of Washington）中國文學與比較文學助理教授。

1972 ⊙ 筆名由「葉珊」改為「楊牧」。其文風，開啟顯著的變異，在原有浪漫抒情之外，更加添了含蓄而冷靜，展現更多關心現實，介入社會的作品。

⊙ 擔任《現代文學》第四十六期「現代詩回顧專號」特約主編。

1973 ⊙ 升任華盛頓大學中國文學與比較文學副教授。

⊙ 擔任 *Micromegas: Taiwan Issue*（《微巨集刊：臺灣專號》）主編（麻薩諸塞大學出版），刊載漢語現代詩英譯。

1974 ⊙ 出版 *The Bell and the Drum: Shih Ching as Formulaic Poetry in an Oral Tradition*（University of California Press, 1974）（《鐘與鼓——詩經的套語與詩歌口述傳統》）。

1975 ⊙出版文學評論集《傳統的與現代的》。
⊙出版第五本詩集《瓶中稿》。
⊙出版《楊牧自選集》，收錄五十四篇散文、前言、年表與著作目錄。
⊙返臺任臺大外文系客座教授一年。
⊙協助《聯合報》副刊，選刊現代詩投稿，提攜陳義芝、羅智成、楊澤等年輕詩人。

1976 ⊙出版散文集《年輪》。
⊙與葉步榮，瘂弦，沈燕士共同成立洪範書店（出版社）。
⊙擔任《文學評論》和「洪範文學叢書」編輯委員。

1977 ⊙出版散文集《柏克萊精神》。
⊙重印《葉珊散文集》。

1978 ⊙出版第六本詩集《北斗行》。
⊙出版《楊牧詩集Ⅰ：1956-1974》。
⊙任普林斯頓大學客座教授一年。

1979 ⊙出版詩劇《吳鳳》。
⊙出版文學評論集《文學知識》。
⊙獲中山文藝獎。

1980 ⊙與夏盈盈女士結婚。
⊙出版第七本詩集《禁忌的遊戲》和第八本詩集《海岸七疊》。
⊙長子王常名出生。

1981 ⊙在華盛頓大學升任教授。
⊙編輯《中國近代散文選》。

1982 ⊙出版散文集《搜索者》。
⊙編輯《豐子愷文選》。

1983 返臺任臺大外文系客座教授一年。編輯《周作人文選Ⅰ、Ⅱ》。

1984 ⊙擔任新竹清華大學中文系兼任教授。
⊙出版文學評論集《文學的源流》。
⊙編輯《許地山小說選》。
⊙為《聯合報》撰寫每週專欄「交流道」，評論社會時事。

1985 ⊙出版《陸機文賦校釋》。
⊙出版雜文集《交流道》。
⊙編輯《許地山散文選》。

1986 出版第九本詩集《有人》。

1987 ⊙ 出版自傳性散文集首部《山風海雨》，獲時報文學獎推薦獎。

⊙ 出版雜文集《飛過火山》。

⊙ 編輯《徐志摩詩選》。

1988 ⊙ 擔任華盛頓大學比較文學系代理系主任。

⊙ 出版英文論文集 *From Ritual to Allegory : Seven Essays in Early Chinese Poetry*。

1989 ⊙ 出版書信體散文《一首詩的完成》，獲選《中國時報》年度十大好書。

⊙ 與鄭樹森合編《現代中國詩選》兩冊。

1990 獲頒吳三連文學獎。

1991 ⊙ 出版第十本詩集《完整的寓言》。

⊙ 出版文學自傳第二部《方向歸零》。

⊙ 任香港科技大學文學教授（1991-1994）。

1993 ⊙ 出版散文集《疑神》。

⊙ Joseph R. Allen 英譯 *Forbidden Games and Video Poems: The Poetry of Yang Mu and Lo Ch'ing*（《禁忌的遊戲與錄像詩篇：楊牧與羅青的詩》）出版。

⊙ 編輯《唐詩選集》。

1995 ⊙ 出版散文集《星圖》。

⊙出版《楊牧詩集Ⅱ：1974-1985》。

⊙十月，受東華大學邀請，籌組該校中國語文學系、英美語文學系以及人文社會科學院。

1996

⊙返國擔任東華大學人文社會科學院院長（1996-2001）。

⊙出版散文集《亭午之鷹》。

⊙出版散文《下一次假如你去舊金山》。

1997

⊙出版第十一本詩集《時光命題》。

⊙出版文學自傳第三部《昔我往矣》。

⊙編譯《葉慈詩選》。

⊙編輯《徐志摩散文選》。

1998

奚密（Michelle Yeh）與 Lawrence R. Smith 英譯楊牧詩集 *No Trace of the Gardener: Poems of Yang Mu*，由耶魯大學出版部出版。

1999

出版莎士比亞《暴風雨》中譯。以詩集《傳說》和散文集《搜索者》同時入選「臺灣文學經典三十」，是僅有的跨文類經典作家。

2000

⊙任捷克查爾斯大學東方文化研究中心客座教授。

⊙獲第四屆國家文藝獎，為文學類得主。

⊙擔任東華人社院院長任內籌劃之「創作與英美文學研究所」正式成立，並首創「駐校作家」制度。

2001 ⊙出版第十二本詩集《涉事》。

⊙出版文學評論《隱喻與實現》。

2002 ⊙任中央研究院中國文哲研究所特聘研究員兼所長（2002-2006）。

⊙出版文學評論《失去的樂土》。

⊙洪素珊（Susanne Hornfeck）與汪珏編譯中德對照詩集 *Patt beim Go*（《和棋》）出版。

⊙張惠菁著《楊牧》（傳記）出版。

2003 ⊙《山風海雨》、《方向歸零》、《昔我往矣》三書合帙出版《奇萊前書》。

⊙《中外文學》發行「雝和：楊牧專輯」。

2004 Angel Pino 與 Isabelle Rabut 合譯法文作品集 *Quelqu'un m'interroge a propos de la verite et de la justice*（《有人問我關於公理與正義的問題》）於巴黎出版。赴東京大學演講，講題為「抽象與疏離」。

2005 出版文學評論《人文蹤跡》。

2006 ⊙出版第十三本詩集《介殼蟲》。

⊙出版文學評論《掠影急流》。

⊙上田哲二編譯日文詩集《カツコウアザミの歌》（藿香薊之歌：楊牧詩集）由東京思潮社出版。

⊙獲香港科技大學包玉剛傑出訪問講座教授。

2007 ⊙任政治大學臺灣文學研究所講座教授（2007-2012）。

⊙編譯《英詩漢譯集》。

⊙上田哲二日譯《奇萊前書》由東京思潮社出版。獲花蹤世界華文文學獎。

2009 出版自傳體散文《奇萊後書》。

2010 ⊙出版《楊牧詩集Ⅲ：1986-2006》。

⊙政治大學臺灣文學研究所舉辦「楊牧七十大壽國際學術研討會」，論文集《練習曲的演奏與變奏：詩人楊牧》二〇一二年由聯經出版社出版。

2011 ⊙瑞典漢學家馬悅然（Göran Malmqvist）編譯中瑞文對照詩集 *Den Grone Riddaren*（《綠騎：楊牧詩選》）出版。

⊙楊牧文學紀錄片，溫知儀執導《朝向一首詩的完成》院線上映。

2012 獲美國紐曼華語文學獎（Newman Prize for Chinese Literature），為華文文學界首度以詩人身分獲獎的作家，亦是臺灣第一位獲獎的作家。

2013 ⊙出版第十四本詩集《長短歌行》。

⊙汪珏、洪素珊德譯散文集 *Die Spinne, das Silberfischchen und ich*（《蜘蛛蠹魚與我：楊牧的隨筆》）出版。

⊙任東華大學特聘客座講座教授（2013-2020）。

⊙童子賢捐獻成立「楊牧文學講座基金」，曾珍珍擔任執行長。

⊙國立臺灣文學館出版須文蔚編纂《楊牧：臺灣現當代作家研究資料彙編50》。
⊙花蓮松園別館舉行第八屆太平洋詩歌節以「向楊牧致敬」為活動主軸。

2014
⊙出版《楊牧詩選：1956-2013》。
⊙任國立臺灣師範大學講座教授（2014-2020）。
⊙「楊牧文學講座基金」於東華大學舉辦「春天讀詩，讀楊牧」活動，七月頒發第一屆「楊牧文學獎」。
⊙趨勢教育基金會主辦「二〇一四向大師楊牧致敬：楊牧」系列活動。

2015
黃麗明著《搜尋的日光：楊牧的跨文化詩學》（*Rays of the Searching Sun: Transcultural Poetics of Yang Mu*），由詹閔旭、施俊州、曾珍珍翻譯，洪範書店出版。

2016
⊙獲瑞典第九屆蟬獎（Cikada Prize）。
⊙翻譯《甲溫與綠騎俠傳奇》（*Sir Gawain and the Green Knight*），洪範書店出版。

2018
⊙八月，許又方主編《美的辯證：楊牧文學論輯》由臺灣學生書局出版。
⊙十月，獲第八屆全球華文文學星雲獎貢獻獎。
⊙十一月，東華大學楊牧文學研究中心成立。

2019
九月十九至二十日，楊牧八秩壽慶國際學術研討會於臺北舉辦。

2020
三月十三日，楊牧於臺北市國泰醫院安詳過世。

PEOPLE 0449

告訴我，甚麼叫做記憶：想念楊牧

總　策　畫—新匯流出版中心
作　　者—葉步榮、陳芳明、顏崑陽、何寄澎、李瑞騰、陳義芝、單德興、張錯、李有成、陳育虹、奚密、羅智成、廖咸浩、劉克襄、向陽、邱貴芬、鄭毓瑜、胡曉真、賴芳伶、李勤岸、張力、吳冠宏、郝譽翔、許又方、楊澤、西西、陳平原、何福仁、何國忠、衣若芬、鍾國強、陳智德、鄭政恆、陳克華、曾淑美、羅任玲、唐捐、楊宗翰、楊佳嫻、許悔之
主　　編—須文蔚
全書照片提供—夏盈盈、目宿媒體、文訊文藝資料中心、洪範書店、張力、張錯、須文蔚、鄭毓瑜、郭英慧
編　　輯—林昕平
責任企劃—金多誠
封面暨內頁設計—江孟達
內頁排版—立全電腦印前排版有限公司

總　編　輯—曾文娟
董　事　長—趙政岷
出　版　者—時報文化出版企業股份有限公司
一〇八〇一九 台北市和平西路三段二四〇號七樓
發行專線—（〇二）二三〇六六八四二
讀者服務專線—〇八〇〇二三一七〇五
（〇二）二三〇四七一〇三
讀者服務傳真—（〇二）二三〇四六八五八
郵撥—一九三四四七二四時報文化出版公司
信箱—一〇八九九臺北華江橋郵局第九九信箱

時報悅讀網—http://www.readingtimes.com.tw
時報文化臉書—https://www.facebook.com/readingtimes.fans
法律顧問—理律法律事務所 陳長文律師、李念祖律師
印　　刷—勁達印刷有限公司
初版一刷—二〇二〇年八月二十八日
定　　價—新台幣四二〇元
（缺頁或破損的書，請寄回更換）

時報文化出版公司成立於一九七五年，
一九九九年股票上櫃公開發行，二〇〇八年脫離中時集團非屬旺中，
以「尊重智慧與創意的文化事業」為信念。

告訴我，甚麼叫做記憶：想念楊牧 / 葉步榮等作；須文蔚主編. -- 初版. -- 臺北市：時報文化, 2020.08
面；　公分. -- (People ; PER0449)
ISBN 978-957-13-8331-6(平裝). --
ISBN 978-957-13-8332-3(精裝)

863.55　　109011804

ISBN 978-957-13-8331-6（平裝）
Printed in Taiwan